밝은 밤을 건너는 중입니다.

백수, 헤맴의 기쁨과 슬픔

목차

무업無業 PART 1
백수의 슬픔

: 갑자기, 백수

직전 1년 정도 동안 4번의 이직을 했다. 이 이야기를 하면 사람들이 나를 이상한 사람으로 볼까 두려운 마음이 드는데, 사람에게 불행이 연달아 닥칠때가 있지 않는가?
중간에 1주일 출근했던 곳은 팀장이 성추행 및 기타등등을 하여 내 전임자 및 전 팀원이 퇴사한 곳이었다. (난 전혀 모르고 입사하였고 다행히 날 추행한건 아니었지만)
이 에피소드로 나에게 닥쳤던 불행이 교통사고 같은 것이었다고 대충 설명하고 넘어가고 싶다.
4번 이직 하는 동안 독립을 하였고, 손을 다쳐서 10바늘 꿰매러 응급실도 갔었다. 그러는 동안 한시도 일을 쉬었던 적은 없다. 이 정도만 적어도 내가 열심히 살았다는 것을 더 이상 설명 안 해도 될 것 같다.

그렇게 부서지게 살았는데 갑자기 백수가 되고 나니 여간 황망한 게 아니었다. 지난 N년간 직장 생활을 하면서 안정되고 좋은 직장에 다닐 때도 문득문득 아, 혹시 내가 직장인을 할 운명이 아닌가? 하는 생각이 들었는데 1년 동안 네 군데를 돌아봤는데도 내 몸 뉘일 직장을 못 만나니 이제 어째야 하나, 하는 생각도 들었다.

처음에는 원래 하던 대로 열심히 살아볼까 싶었다. 업무 관련 학원도 등록하고, 피곤하단 핑계로 못해왔던 운동도 다시 해보려 했다. 그런데 내 마음의 내상이 보통이 아니었는지 아침 일찍 일어나서 활기차게 활동을 해보려고 해도 구겨진 표정이 영 펴지려 하지를 않았다. 그래서 그냥 다 집어치우게 됐다.

그렇게 누운 침대는 너무나 아늑했다. 이 글을 쓰는 지금쯤 느끼는 것은 내 마음의 내상이라기보다도 멈춰서서 내가 나를 다시 돌아보고, 잃어버린 나를 한줌 한줌 다시 찾아내는 기회가 아니었나 싶다.

: 일어날 수가 없어

한동안 침대에서 일어나기가 너무 힘들었다. 몸도 안 좋은 것 같고, 그렇게 애썼는데 뭐가 되지를 않았다 보니 무언가를 노력할 마음 자체가 잘 나지를 않았다. 그런데 나는 자주 그랬든 내 마음을 외면하며 '야, 기운내서 남들 사는 대로 살아야지' 하는 재촉으로 나 자신을 운동이나 학원을 보냈다.

내가 너무 나약해져 다시 사회로 복귀하지 못 할까봐 걱정됐고, 혼자 살다보니 내가 아무도 모르게 잘못될까봐도 걱정됐다. 그런데 그 모든 것을 넘어서서 점점 집은 개판이 되어갔고, 나는 침대에서 점점 못 일어나고 있었다.

그러다 보니 문득 어느새 나는 내 생애 이렇게 무기력한 적이 있던가 싶을 정도로 무기력해졌다. 학원 수업은 그냥 빠졌으며(원래의 나는 수업 빠지면 큰일 나는 줄 아는 사람) 하루 종일 먹고 자고 밖에 안했다.

이렇게 자도 자도 잠이 온다는 게 신기할 정도로 잠을 잤다. 전혀 피곤할 일도 없는데. 집이 개판이 되는 게 싫어서 청소와 설거지를 하려고 애를 썼는데 몇 시간에 걸쳐서 간신히 설거지만 해결했다.

밥다운 밥도 먹지 않고 과자나 으적거리면서 저녁으로는 라면을 먹었다. 그나마도 끓여먹는 것도 아니고 컵라면. 화장실에 핑크 곰팡이가 피고 있어서, 화장실 청소도 해야 하는데 그 곰팡이가 내 눈에 띌 때마다 미치겠는 마음이 들었다. 그 미치겠는 마음에도 불구하고 몸이 도저히 움직여지지가 않았다.

손을 열바늘 꿰매고 염증이 번져서 링겔로 항생제를 맞으면서 회사를 다닐 때도 점심을 굶고 면접을 보러 다니던 것과는 아주 대조적으로 침대 밖을 나가는 자체가 힘에 겨웠다.

점점 시간이 흘러가면서 먹고 씻는 것도 더더욱 간신히 하게 되어가고 있었다. 회사생활을 더 잘해볼걸 혹은 남들은 다들 하는데 나는 왜 그럴까 하는 자책하는 마음에 휩싸이거나, 혹은 꾹꾹 눌러 담았던 분노들이 폭발하는 것처럼 일어날 때도 있었다.

그래도, 내 스스로가 그렇게 까지 잘못한 것은 아니지 않을까, 내가 할 수 있는 한 그 순간순간 최선을 다하지 않았나에 대해 위로하는 순간들도 있었다. 그런것들이 뒤섞여 지나가고 나면 약간의 탈진 같은 것들이 몰려왔다. 이렇게 지내는 게 좀 안되겠다 싶어서 도서관에 가서 책을 집어 들었는데, 페이지속의 글자가 너무 숨이 막힌다는 느낌이 들었다.

 그쯤 되니 내가 너무 지쳐버렸다는 것을 알 수 있었다. 그리고 스스로 좀 포기하는 심정으로 쉼을 받아들이게 됐다. 지난 몇 년간 나는 쉬는 시간에 죄책감이 들었었다. 사회가 하도 치열하다보니 나도 살아남으려면 쉬지도 말고, 남는 시간에는 항상 생산성 있는 일을 해야 하지 않을까 하는 강박에 시달렸던 것 같은데 그 관성과도 같은 모든 것을 놓아버릴 정도의 지침이었다.

: 침대에서 얻은 것들

무기력과 싸움을 그만두었다. '그래, 내가 졌다. 와라 이
놈아.'하는 마음으로 온몸을 늘어뜨리고 있는 그대로 받
아들였다. 그래서 그냥 누워서 되는대로 유투브를 마음껏
보았다. 일어나기 싫으면 일어나지 않았고, 잠이 오면 오
는 대로 그냥 잤다. 배고픔을 못이길 정도가 되지 않으면
잘 안 먹었고, 혹은 귀찮은데 뭘 먹고 싶다면 그냥 누워서
과자를 먹었다.

집이 개판이 되면 그 혼잡함 사이로 살살 다녔다. 제대로
된 인간답지 않게 살고 있다는 죄책감이 들 때도 있었는
데, 항상 같이 살 때는 집을 어지르는 내게 잔소리를 했던
엄마가 통화를 할 때 의외로 '너 혼자 사는데 너 마음이
지.'라고 말을 해주었다. 거기에서 마음이 한결 가벼워졌
다.

그리고 지난 몇 년간 '회사원'으로서 내 능력이 뛰어나다
고 느끼지 못했던 나는, 스스로 쉬거나 놀면 안 된다는 압
박감에 영화 한 편 제대로 즐기지 못했었다. 마치 시험에
쫓기는 수험생처럼 놀거나 쉬는 것에 큰 죄책감을 느껴

짧은 컨텐츠면 몰라도 영화 같이 긴 시간을 들여야 하는 것은 쉽게 즐기지 못했다. 노는 시간을 가지고 나면 내가 지금 이럴때인가, 하는 찝찝한 마음에 늘 시달려 왔던 것이다. 어쩌면 그저 평범한 직장인으로 뾰족한 능력이 없는 나는 놀 자격도 없다는 비정한 마음이었던 것 같다.

그러나 화장실 가러 일어나는 것도 지겨울 정도의 무기력에 '아 씨, 진짜 모르겠다.' 하는 마음으로 그런 모든 것들을 푹 놔버리기로 했다.

에라, 모르겠다 하는 마음을 먹어버린 나는 그냥 아무렇게나 놀아버리기로 작정했다. 그래서 생산성이랑은 별 관계도 없는 컨텐츠들을 즐겼다. 아무짝에도 쓸모가 없을 법한 영상들을 보면서 마음 편히 히히거렸다. 그러다 유투브 알고리즘으로 난데없이 흑백영화를 보기도 했다. 비비안 리에 빠져서 〈바람과 함께 사라지다〉를 보고 60년도 더 된 영화에 깊은 감동을 느끼기도 했다.

그리고 누워서 핸드폰으로 끄적끄적 내가 느낀 감상들을 내 마음대로 적었다. 그러던 중에 나는 내가 아주 자유롭다는 걸 알 수 있었다.

자고 싶으면 자고, 먹고 싶으면 먹고, 하고 싶은 것만 하는 〈자유〉가 내게 있다는 것을 문득, 느닷없이 가슴 깊숙이 느꼈다.

어른이라면 당연한 것인데 나는 내가 자유롭다는 것을 잘 못 느끼고 살았다. 학생 때 학교에 가야하고 공부를 해야 하고 늘 수능이라는 것에 짓눌려있었던 것처럼, 어른이 된 나는 사회에서 정해준 어떤 것이 있고 나는 그 것을 따라야 한다고 생각하며 내가 원하는 것을 찾아내기 보다는 남들이 좋다고 하는 어떤 것들을 얻으려 하며 살아왔다는 것을. 그래서 가졌던 일도 내 마음에 따르기 보다는 사회에서 말하는 기준대로 선택했고, 그것이 나에게 맞는 옷이 아니었기에 더욱 답답하고 헤매는 기분이 들었다는 것을 말이다.

애초에 아예 맞지 않는 것이었다면, 몇 년이나 해오기 어려웠겠지만 그 옷이 나에게는 애매하게 맞는 옷이었던 것 같다. 꽉 끼는 옷이라 점심을 먹거나 하면, 배가 튀어나와 체하지만 소화제를 들이키면서 앉아있으면 또 더부룩하면서도 앉아있을 만은 한… 그런 옷.

사실 내가 그렇게 생지옥 같은 직장 생활만 했느냐 하면 꼭 그런 것은 아니었다. 아침에 일어나 출근해서 커피를 한잔 사먹으며 일을 시작하는 것도 좋아했고, 마음이 맞는 동료들과 일할 때의 재미도 있었다. 거기에 놀랍게도 나는 아침에 출근 하는 걸 그렇게 싫어하지 않았었다. 그리고 나는 내가 직업이 있는 게 좋았다. 나는 늘 무업인無業人 보다는 직업인職業人이 되고 싶었다.

 그래서 나는 직장생활이 나의 자유를 빼앗거나, 나의 생활을 강제하고 있다고 정도로 생각하지는 않고 있었는데 무한한 자유에 나를 맡기니 내가 생각보다 내 자유를 잃고 있었다는 것을 알 수 있었던 것이다.

오라고 하는 시간에 가서, 가라고 하는 시간까지 가지 못하고 밥조차 정해준 시간에 먹었어야 한다는 것을. 덤으로 남 눈치는 또 얼마나 봤던지.

 남들에게는 이 침대에서의 생활이 그냥 '자기 맘대로 대충 누워서 놀았다는 거 아니야?' 싶을 수도 있겠지만 혼자 있는 시간도 '나'라는 감찰관에게 혹독한 감시를 받아 왔던 나에게는 엄청난 해방감이었다. 그렇게 나는 침대에서 내가 나의 자유를 다시금 찾은 것을 느꼈다. 그건 그저 안온한 나의 침대였지만, 왜인지 야생의 동물이 다시 자연으로 돌아간 것만 같은 야성이기도 했다.

늘 남들이 열심히 하는 만큼 나도 열심히 해야 한다고 생
각하던 나였는데 더 이상 '남들이 하는 대로' 열심히 살기
도 싫어졌다. (내 나름대로)'열심인' 이었던 나에게는 커
다란 변화였다. 열심히 하기 싫다니. 내가 감히 그런 말을
할 수 있는 사람이었나? 싶을 정도였다. 난 내가 뾰족하
게 뛰어나지도 않은 직장생활을 그냥 그냥 하는 것 외에
는 다른 재주가 없는 사람이어서, 죽도록 열심히 살아야
하는 사람인 줄 알았다.

 내게 쉬거나 노는 걸 편한 마음으로 허락 할 수 없을 정
도로 난 내가 무능하다고 생각했다. 그리고 그 마음을 떠
나보내니 족쇄를 벗은 것 처럼 너무나 가벼우며 자유로웠
다.

:용기의 반대말

분실해 버린 '나 자신'이 원래 뭘 좋아하고 잘 했는지 같은 게 기억이 잘 안 났다. 성적에 맞추고 취업을 고려해 과를 골라갔던 나는 대학생때부터 나는 늘 곧 닥쳐올 직업인의 세계가 두려웠다. 곧 학생 신분을 잃게 될텐데, 그러면 나를 무엇으로 해야 할지 도통 알 수가 없었던 것이다. 거의 아노미 상태의 나는 취업이 뭔지 알려준다는 강의가 있으면 정신없이 따라다녔었다.

그런 시간을 지나 직장인이 되고, 무업無業 상태가 되니 나는 나를 어떻게 가눠야 좋을 지 잘 알 수 없었다. 나는 여행도 좋아하지 않고, 술도 좋아하지 않는다. 자유로움을 알게 되었지만, 그 자유를 침대에 있는 것 말고 어떻게 다뤄야 한단 말인가?

커피 같은걸 사먹는 것, 혹은 구경을 하며 돌아다니다가 있어도 그만, 없어도 그만인 것에 돈쓰는 것 말고 내가 무엇을 좋아하는지 나는 몰랐다. 그런 것 외에는 사람들이랑 이야기 하는걸 좋아하는데 당시에는 사람을 만나고 싶지가 않았다. 무기력이 심하던 시기에는 친구를 만나서 이야기를 하다가 말을 하던 도중 문득 기운이 너무 없어 입술을 떼고 싶지 않다는 감정마저 느꼈었다.

수다쟁이인 내게 좋아하는 사람을 만나 대화하다가 중간에 말을 하기가 싫다는 것을 느꼈던 것은 정말 심각한 일이었다. 나는 누구와 있으면 헤어질때까지 대부분 대화가 끊기지 않기 때문이었다. 더구나 저때는 말을 하다가, 말을 다 마치지도 않았는데 그냥 다음 말을 하기에 입이 무거운 심정이 들었던 것이다. 내가 정말 나를 그냥 이렇게 두어도 괜찮을까, 싶던 중 자기가 하는 일로 돈을 벌지 못하더라도, 어떤 결과가 따르더라도 그 길을 가겠노라고 결심한 이야기를 우연히 보았다.

계속 가난할 지라도, 세상에 아무런 인정을 받지 못 할 지라도 자신이 선택하고 타고난 그 야성의 길을 위해 자기를 내던지겠노라는 이야기였다. 짧은 이야기었는데 그 글을 읽는 동안 눈물이 났다.

그 용기가 죽도록 부러우면서, 그 순간 나는 용기 없는 내 자신을 느꼈다. 나는 용기가 없어서, 내가 좋아하는 것 같은 것은 생각도 않고 남들이 다 가는 길을 선택했다. 그리고 그길은 나를 상처 입혔으며, 가끔은 끔찍하게 숨이 막혔다. 그리고 어느 순간부터는 나는 나를 잘 느낄 수가 없었다. 나를 잃어버렸던 것이다. 나는 내가 용기가 없다는 것도 그 순간까지 몰랐다.

남들이 다 하는대로 하지 않으면 내 인생이 진창에 박힐까봐 두려워 늘 대부분의 사람들이 어떻게 하는지만 궁금해 하고, 그것을 비슷하게 따라하느라 최선을 다하는 삶이었다. 그 과정에서 내가 하고 싶은 것, 같은 것은 객관식에서 하나를 고르는 정도의 불과했다. 심지어 그 후보는 내가 정한 것도 아니었다.

용기 없는 내 자신에게 눈물이 났다.

직장인 PART 1
이 길이 내 길인지는 모르겠지만 안락한 곳

∶직장생활 회고 -1

지난 1년정도는 꽤 독한 직장생활을 했던 것 같지만, 그 전에는 나름대로 긴 시간을 안착했던 회사도 있었다. 그 회사는 복지가 아주 좋았었다. 탄력근무는 물론이요, 여성들이 출산을 하면 유급으로 출산휴가와 육아 휴직을 주고 복귀하면 주 4일만 근무시켜주는 곳이었다. (내 첫 회사는 만삭 임산부를 출산 일주일 전까지 근무시키고 해고하는 곳이었다.)

알고 들어갔었거나 한 건 전혀 아니었다. 우연히 들어갔는데, 그런 곳이었던 것이다. 심지어 그 회사의 전임자에게 인수인계를 받는 1주일동안 친해져서 지금까지 친구로 지내고 있다. 그 회사는 지금 생각해보면 정말 좋은 곳이었다. 순하고 많이 배운 동료들, 자유로운 조직문화, 훌륭한 워라밸 등등.

무사히 업무에 적응해나가고 나니 그보다 더 무난하고 좋은 직장을 찾기 어렵지 않을까 싶지 않을 정도였는데, 어쩐지 퇴근길에는 마음이 공허하거나 길을 잃은 것 같은 심정이 자주 되었었다.

회사나 일이 나와 맞고 안 맞고를 떠나 내가 나 자신을 많이 억누르며 눈 앞에 목표만 쫓았는데 입사, 라는 목표를 이루고 나니 현실에 고군분투 할 것이 없어져버렸던 것이다. 내 마음의 소리 같은 건 안 들어 주다보니 어느새 내 속에서는 아무런 소리가 들리지 않았다. 나를 잃어버린 것이다. 더 이상 어디로 가야 하는가?

내가 원하는 것이 무엇인지, 더 나아가서 내가 누구인지를 잃어버리고 남들이 말하는 삶에 나를 맡긴 대가로 나는 늘 헤매는 심정이었다.

그래서 너는 뭔데?
네 삶은 뭘 위한 건데?

같은 절대로 답할 수 없는 질문들에 휩싸여 1시간 반 정도의 걸친 퇴근을 마치노라면 정신이 혼미해졌다. 마음의 고민 때문이었는지, 끔찍한 대중교통 상황 때문이었는지 나는 지독한 멀미 때문에 집에 가면 녹초가 되어 바지부터 벗고 소파에 누워있어야 했다.

오늘 하루 좋았어?

대체로 대답할 수 없었다. 그럼에도 불구하고 한 가지는, 출근하는 게 그렇게까지 싫지는 않았다는 것이다. 요즘같은 실업난의 시대에 갈 수 있는 직장이 있다는 것은 나름 기뻤으며, 아침에 출근해서 커피를 한잔씩 사마시는 것은 (사실 햇병아리 사원의 월급도둑이었지만) 내가 멋쟁이 커리어우먼이 된 것만 같은 느낌을 가질 수 있도록 해주었다. 일을 하나하나 배워나가는 것도 좋았다.
그렇지만 나는 시시때때로 내 삶에 이보다 더한 것이 필요하다는 목마름에 시달렸다. 더 필요하다면 뭐?
그런 질문에 대답할 수는 없었다. 시간은 계속해서 흘러만 갔고, 나는 새로 만나는 사람들에게 '직장인'으로 나를 소개하고 있었다. 그런데 어쩐지 그맘쯤에 나는 위장병이 정말 심했다. 수시로 체해서 자리에는 소화제를 박스채로 사다놓고 먹는 지경이었다.

그때의 직장생활은 그럭저럭 참을 만은 했는데, 뭐랄까 꽉 끼는 청바지를 입고 내리 앉아있는 것 같은 느낌이었다. 멋을 위해 견딜 수는 있는데, 나에게 맞는 옷은 아닌 것만 같은 느낌.

나는 그럴수록 처음 만나는 사람에게 나를 더욱 직장인으로 소개하고 있었다. 그건 어쩐지 있는 깃털 없는 깃털 다 모아다가 꼬리를 장식하는 공작새 같은 느낌이었다. 나를 있는 힘껏 포장할수록, 아무것도 없는 나를 나는 더 확실히 느낄 수 있었다. 그런 나를 자세히 느낄 수 있는 밤이면 나는 어쩐지 불안하고 민망하며 잠을 이룰 수가 없었다.

내가 되고 싶었던 어른이 맞았는가?

늘 잘 대답할 수 없었다. 그러면서 드는 생각은 내가 지금 하고 있는 이 일을 십년 후까지 할 수 있을까? 하는 질문들이었다.

 아, 나는 직장인이 되고 나서 그 안에서 더 이상 되고 싶은 것을 찾지를 못했던 것이다.

그 좋은 회사 안에는 대체로 좋은 사람들이 있었지만, 직업인으로서 내가 되고 싶은 모습의 사람은 없었다. 그리고 나는 내가 원래 뭐가 되고 싶었는지 같은 것은 도무지 알수가 없었다.

무업無業 PART 2
백수의 기쁨

: 일상, 발견

침대안에서 자유롭던 시간이 지나고, 나는 다른 재미를 만나보기 시작했다. 정신없는 '4이직'의 폭풍 사이에 독립을 했던 지라 나는 내 공간에서 그렇게 긴 시간을 온전히 있어보지 못했었다. 아침에 출근하면, 해지고 밤에 들어와 저녁을 먹고 씻고 자기 바쁜 생활이었기 때문에.

나는 침대 속에서 문득 내가 이렇게 자유로움을 느낄 수 있는 것도 내 공간 덕분이 아닌가 하는 마음이 들었다. 부모님과 함께 살 때는 회사원일 때가 아니라면 쉬거나 노는 게 나도 모르게 눈치가 보였던 것이다.

그런데 나를 이렇게나 한참만에 자유롭고 재밌게 만들어

준 내 공간을 정신 사납게 어지르고 있기가 싫어졌다. 그리고 내가 나를 다시 돌보아야겠다는 마음이 들었다. 나를 씻고 새 잠옷을 갈아입는 심정으로 집을 싹 정리하고 나니 설명할 수 없이 상쾌한 개운함이 느껴졌다. 그 김에 대충 잡아 놓은 집 구조를 살짝 바꾸었다. 책상과 화장대가 겸용이었는데, 화장대를 따로 두고 진짜 작업을 할 수 있을 만큼 깔끔하게 바꾸어 보았다. 그러자 거의 누워있던 내가 자꾸 앉아서 다이어리를 쓰고, 책을 읽는 게 아닌가.

약간 어이가 없었다.

나는 내가 게으름뱅이라서 여가시간에는 자꾸 누워있는 인물이라고 생각했다. 회사를 다닐 때는 약속이 없다면 주말에는 늘 누워있었다. 집에 인터넷도 없고 노트북은 정말 필요한 때가 아니면 안 켜고 아이패드는 장식용 같은 거였기 때문에 사실 '4이직' 동안 새로 만나는 동료들이 주말에 뭐하냐고 물어보면 할 말이 없어 얼버무릴때가 많았다. 그때의 누워있음은 그게 너무 좋아서 그랬다기보다는, 다른 것을 하고 싶다는 감정이 딱히 들지 않았고 평일의 삶이 너무 지쳤기 때문이었다. 정리된 책상에 앉아서 나는 다이어리를 꾸미거나 자꾸만 이런저런 디지털 작업들도 살금살금 손을 대고 있었다.

어쩌면 나는 작업환경이 안 되어 있어서 무언가를 할 생각이 안 들었던 것 아닐까? 스스로 어이가 없으면서도 너무 재밌었다. 그리고 내가 내 공간을 조성하면 할수록 점점 내 집이 너무너무 좋아져만 갔다. 부모님 집에서 있을 때는 언니 책상과 내 책상이 혼재되어있었다. 작업 공간으로 정해진 곳은 없어서 식탁이나 침대, 소파 등 여러 장소를 떠돌며 집중하기가 어려웠다.

그 경험으로 나는 나만의 공간이 있다는 것이 얼마나 행복한 것인지, 점점 알 수 있었다. 그리고 살고 있는 집은 '우연히 남향'이었는데 왜 사람들이 남향, 남향 하는지도 알 수 있었다. 낮에는 정말 환했다.

그 환한 곳에서 자꾸 글을 쓰고, 책을 읽었다. 아, 만화책도 빌려다가 보았다. 그러면 그럴수록 자꾸만 행복해져갔다.

늘 남과 함께하는 일터에서 고군분투만 해왔는데, 누구의 눈치도 보지 않고 나 혼자 내 공간에서 홀로있는 시간들이 너무너무 행복했다. 그러면서 잃어버린 내 조각들을 하나씩 찾아내는 것만 같은 기분이었다.

: 경로를 벗어나기

일상의 한가지씩 소소한 행복을 발견해 나가면서도 나는 내가 이직을 준비하는 것이 아니라 그냥 목표 없이 쉬는 것이 막연히 쉬는 것이 낯설고 막막했다. 요즘은 살기가 팍팍해 이직도 회사를 다니면서 하라고 하고, 부업이나 N잡도 회사를 다니면서 하는 말들에 너무 길들여져 있었다.

가끔 무한한 자유 가운데에서도 자려고 누워 한뼘 밖의 미래만 생각해도 가슴이 답답해져왔다. 내가 하고 있는 직무가 내 적성에 안맞는 것인지, 조직생활이 나에게 안맞는 것인지, 아니면 그저 뽑기처럼 회사 운이 안 따랐던 것인지 잘 알 수가 없었다.

그리고 혹은 내가 직장 밖에서 할 수 있는 일은 무엇이 있을까, 하는 생각이 들었다. 인스타가 어떻게 알았는지 관련 광고들을 참 많이 띄워줬다. 무료 강연들이 뜨는 즉시 웬만하면 신청했다. 시에서 진행하는 청년 프로그램들도 나에게 조금의 힌트라도 줄 수 있는 것들이라면 참여했다. 선발형인 것들도 현재의 내 심정을 적어서 제출하였다. 그러면 신기하게도 대부분 선발이 되었다. 운이었는지, 담당자의 마음이 바다와 같이 넓어서 였는지, 아니면 내 간절함이 의미가 있었는지는 잘 모르겠다.

책을 읽고 홀로 고민을 하는 밤들이 있었다. 그리고 그 시간동안 매일매일 글을 길든 적든 적었다. 좋아하는 작가님이 하시는 '100일 글쓰기 프로젝트'에 참여했다. 매일 5줄 이상만 글을 적으면 됐고, 그건 누워서 침대에서 하든지 각 잡고 책상에 앉아서 하든지 아무런 상관이 없었다. 생각한대로 글이 안 써진다는 괴로움도 잠시 곧 나는 그냥 아무렇게나 하고 싶은대로 글을 적었다. 왜냐하면 사람들이 별로 내 글을 안 봤다.

그래서 정말 아무 생각 없이 글을 적었는데, 그러다보면 이런저런 댓글들이 종종 달렸다. 내 생각에 동의하거나, 혹은 내가 적은 것과는 상관없는 내용이거나, 아니면 그저 자신의 생각을 이야기 하거나. 그러면서 든 생각은 내가 모르는 누군가가 보는 글을 쓰거나 나를 표현 하는 것이 하고 싶으면서도 부담되었는데 꼭 그럴 필요도 없겠다는 생각이 들었다

그러던 중 독립 출판한 작가님 토크콘서트를 참석하게

되었다. 그날은 끔찍하게 추웠다. 거기에 러시아워에 2호선을 타게 되었다. 내 생각에 빠져 하루 종일 책을 읽고 고민을 하느라고 그날이 그렇게 추운지 그 시간이 러시아워인지 깜빡했다.

작가님은 요즘 자주 보이는 강연자들과 달리 내향인이신지 사람들 앞에서 이야기 하는 것이 정말로 수줍어 보이셨는데 그런 작가님께 자리에 앉은 분들이 더 열정적으로 질문을 드리고 있었다.

그 토크콘서트는 내게 참 많은 감상을 안겨주었다. 어쩌면 조금 작은 목소리로 자기만의 이야기를 하는 사람들이 이 세상에 있고, 그리고 그 사람의 작은 목소리를 열렬하게 들어주는 사람이 있을지도 모른다는 것 말이다.

직장인 PART 2
안 맞는 옷

：직장생활 회고 -2

 당시 다니던 안락한 회사 생활은 큰일 없이 흐르는 듯 했다. 그 회사에는 나름의 특색 있는 사람은 있을지언정 못된 사람도 없었고, 과중한 업무도 없었다. 분위기도 정말 자유로웠다. 이런저런 직장을 다 겪은 지금은 그만하면 좋은 곳이라고 느낀다.

 그렇지만 치명적인 문제가 있었는데, 내 직속상사만 나에게 하염없이 엄하고 맥락 없이 불벼락을 내린다는 점이었다. 그의 밑에서 나는 작은 일에도 소스라치게 놀라는 새가슴을 얻었다.

 사실 그 회사 막바지쯤에서는 하도 분해서 자다가도 벌

떡벌떡 일어나고 퇴근길 버스에서도 눈물이 날 지경이었는데 도무지 회사 조건이 너무 좋아서 그만둘 수가 없었다. 또한 내가 내 연차에 비해서 뛰어나게 업무를 잘한다는 생각도 별로 들지가 않았다.

불안감에 퇴근 후 에는 무언가를 배우러 학원에 다녔다. 그래도 회사생활이 도무지 나아질 기미가 안보였다. 학원에 가는 것도 한 두번이지, 너무 스트레스를 받아서 운동으로 바꾸었다. 그러면 좀 열심히 사는 기분이 들어 불안한 마음이 나아질까 싶었다. 그런데 돈을 쓰는 걸로는 해결이 잘 안됐다. 벌어야 옳았다.

큰 문제는 월급은 정해져 있고, 그 외에 수입을 바래야 했는데 회사 밖에서 돈을 벌 수 있는 방법이 내게는 알바밖에 없었다. 그 때 나는 '아, 지금 회사 그만두면 안 되겠구나.'라는 슬픈 깨달음을 얻었다.

그래서 그 깨달음으로 평일에는 회사에 가고, 주말에 집앞 카페에서 알바를 했다. 직장 말고 다른 돈 버는 재주는 없다고 판단한 나의 강수였다.

그때에 나는 결과물의 노예가 되어있어서 물질적인 보상을 얻지 못하는 것은 의미 없음 그 자체였다. 그래서 내가 다른 무언가가 있지 않을까, 생각하며 시도해 보는 것은 어려웠다. 왜냐하면 퇴근하면 너무 지치고 피곤했다.

당장에 보상이 주어지지 않으면 쓸데없는 무언가를 하는 것만 같아서 시도하는 시간을 잘 견디질 못했다. 그래서 궁여지책으로 투잡, 주말 카페 알바를 하게 되었던 것인데 그것은 정말 생각지 못한 활력이었다.

직장생활에서 답답함이 있어도, 나에게 알바지만 다르게 돈을 벌 방법이 있다는 게 좋았다. 집 앞 카페는 나 혼자 일하는 환경이었는데, 그 시간동안 나는 홀로 많은 생각을 했다.

알바 말고 다른 걸 할 수는 없을까?

내가 직장 밖에서 다른 걸 할 수는 없을까?

십대에 나는 참 많은 꿈이 있었던 것 같은데, 어느새 나는 전부 잃어버리고 남들이 말해준 직업, 〈직장인〉 한 가지밖에 하지 못하고 있었다. 어떤 면에서는 출근하고 퇴근한다는 것 외에 내용물이 좋지 못해서, 그렇게 까지 훌륭한 직장인이지도 않은 것 같았다.

그때에 나는 정말 위가 꽉 막혀서 매주 체했었다. 피곤한 것보다, 체하는 게 정말 괴로웠다. 그런데 나는 원래 사는 게 그런거라고 생각했다. 체해서 위장약을 털어 넣으면서도 아플 때마다 집에 갈 수 없으니, 퇴근을 기다리는 것처럼 견디고, 참는 게 삶이라고 생각했다.

무업無業 PART 3
백수의 헤매임

: 경로를 탐색중입니다.

　계속해서 나는 이런 저런 것들을 시도해보았다. 관련 강연들을 보고, 유투브를 보고, 추천하는 책을 읽었다. 그러면서 글을 썼다.

　매일매일 내가 보고 느끼고, 나에 대해 헤매는 것들에 대해서 적었다. 남의 경험을 수집하고 내 경험과 빗대어 보기도 했다. 누구에게는 좋은 경험이 나에게는 별로이기도 했고, 누구에게는 별로인 것이 나에게는 좋기도 했다. 그래서 헷깔리는 때가 많았다.

　내 주변은 대부분이 직장인이고, 다들 그럭저럭 직장생활을 잘하거나, 아니면 아주 훌륭하게 하거나 둘 중 하나였다. 나처럼 직장인 생활을 견디기 어려워하는 사람도 드물었다. (그래서 내가 더 이상하거나 모나게 여겨지는 날도 많았다.) 그래서 만나는 사람을 더 다양하게 만들어보기로 생각했다. 이런저런 독서모임에 나갔고, 무료 크리에이터 교육이 있으면 신청했다.

어떤 모임은 큰 의미를 느끼지 못했고, 어떤 모임은 깊은 인사이트를 얻었다. 다양한 사람들을 만나고 다양한 이야기를 들으며 내가 그동안 생각했던 것이나, 갇혀있었던 것들에 대해서도 느꼈다.

팟캐스트 크리에이터 교육에도 나갔었는데, 거기에서도 새로운 사람들을 만나서 새로운 이야기를 들었다. 그런 자리에 가면 이렇게나 많은 사람들이 무언가 자기의 이야기를 하고 싶어하는 구나, 하는 생각이 들었다.

그리고 그맘쯤에 나는 메모장에 이렇게 적고 있었다.

'내 이야기를 하는 사람이 되어야 겠다.'

: 다정함이 우리를 지켜줄거야, 니트컴퍼니

무직자를 위한 가상회사 〈니트컴퍼니〉는 유투브로 직장인 일 때부터 보고 알았다. 무업기간을 보내는 사람들이 가상의 회사인 니트컴퍼니에 출근해서, 직장인인 것처럼 회사놀이를 하며 같은 상황의 동료와 함께하여 세상과의 연결을 이어나간다는 프로젝트였다.

그때 왜인지 모르지만(정말 모르겠는가?) 직장인이던 나는 무업기간의 외로움과 길 잃음을 보내던 사람들이 니트컴퍼니를 통해 힘을 얻고 자기가 만들어낸 자기의 업무를 하는 모습에서 깊은 인상을 받았었다. 나는 해당 프로젝트를 늘 마음에 두고 눈여겨보고 있었다.

백수가 된 지금 하면 딱 이겠다, 싶어 사이트를 자주 알짱거렸었는데 그러다 연말 전시회와 해당 사이트 내의 글쓰기 모임을 알게 되었다. 연말 전시를 먼저 보러갔는데, 여러 사람들이 무업기간을 의미 있게 보내며 전시할 만한 자신의 프로젝트를 해낸 모습들을 만날 수 있었다. 그 사람들의 이야기는 만약 자신이 무엇인지 찾아낸 이야기들이 많았다.

일반적으로 무업기간을 보내는 사람들을 향한 사회의 혹독한 시선(너 백수냐?)이 아니라 따뜻하게 함께해주는 모습에서 나도 같이 응원을 받은 것 같은 느낌이 들었다. 그리고 나도 그들처럼 무언가를 꼭 만들어 내고 싶다는 생각이 들었다. 그런 마음을 안고 니트컴퍼니 속 동아리인 닛커넥트 글쓰기 모임에 나갔다.

처음 보는 사람들을 만나는 것이고, 몇 번의 독서모임을 통해 나와 맞는 모임을 만나는 것이 꽤 어려운 일임을 알고 있었기에 자꾸만 설레는 마음을 누르며 나갔다. 거기서 만난 사람들은 대부분 니트컴퍼니에 대해 알고 있고, 관심을 가지고 있는 사람들이었다. 그리고 모임장님은 이미 이전 기수로 니트컴퍼니 참여자였다.

나처럼 쉬는 기간을 갖는 사람도 있었고, 직장을 가진 사람도 있었다. 그러나 직장을 가진 사람들이라고 해서 찾아내는 걸 멈춘 것이 아니라 계속해서 자기 자신을, 자기 자신이 하고 싶은 일을 찾아내는 사람들이었다. 그 사람들과의 모임에서 몇 시간을 이야기해도 서로 깊은 공감을 할 수가 있었다.

처음 만난 사람들이고, 사는 곳도 달랐으며, 나이도 제각각이었다. 그런데 이렇게 이야기가 잘 통할 수가 있다니. 너무나 놀라웠다. 더구나 어떻게 된 일인지, 모인 사람들의 대화와 성격이 너무나 다정하였다.

사실 모임원 중에서 내 나이가 많은 편이었는데, 그런 내가 아직 가장 정신없게 헤매는 중인 것 같아서 민망한 마음이 들기도 했다. 모임이 끝난 날 나는 왠지 설레는 가슴을 억누를 수가 없었다.

많은 모임을 나갔을 때는 대부분 내가 누구인지 뭉뚱그려서 이야기 할 수 밖에 없었다. 사실 백수라고 소개하기가 초라해서 '직장인'이라거나 직장인이었는데, 쉬고 있다 던지 하는 겉핥기 소개가 아니라, 진짜로 '삶을 헤매이고 있는' 나에 대해서 이야기 하고 공감할 수 있다는 것이 혼자가 아니라는 생각이 들었다.

그리고 그것은 생각보다 내가 불안하고 혼자인 존재가 아니라 누군가와 연결 되어있다는,

안정감이 들었다. 다정한 사람들과 함께하는 나도, 어쩌면 다정한 사람이 아닐까 하는 생각까지 하며 잠에 들었다.

직장인 PART 3
직장인의 헤매임

:직장생활 회고 -3

벙어리 냉가슴 같은 직장생활과 카페알바의 투잡은 약 1
년여 정도 이어졌다. 그 시간동안 주말이 없으니 개인 시
간은 부족하고, 놀 시간은 없었다. 그건 별 문제도 아니었
다. 왜냐면 당시에 나는 너무 불안해서 놀 수도 없었다.
친구와 있는 시간은 즐겁지만 헤어지면 공허했으며, 나
혼자서는 제대로 놀 수도 없었다. 아주 피곤했으니 자는
것 이외에는 생산성 없는 행동을 했다가는 쓸데없는 짓을
했다는 죄책감이 들어 고통스럽기만 했다.

더구나 참으면 참을수록 심해지는 불벼락 상사와의 생
활은 자꾸 이를 악물게 했다. 나이 차이는 날 지라도 같

은 인격체로서, 일방적인 소리 지름을 듣다 보면 모멸감이 들었다. 그리고 그 모욕감을 느낄 때면 내가 이것을 참고 있을 수밖에 없다는 것에 자기혐오가 들기도 했다. 당장 이 직장을 그만두고 나가기가 두렵기 때문에 이 모욕을 참고 견딘다는 나 자신에 대한 혐오감.

더구나 남은 모르지만, 내 나름대로는 죽도록 열심히 살고 피곤한데 돈 말고는 삶이 나아지고 있지 않다는 생각이 괴로웠다. (돈이 많이 나아진 것도 아니었다.) 또 내가 왜 그렇게까지 열심히 사는지 이유를 잘 모르겠어서 더 괴로웠다. 그건 마치 앞구르기를 죽도록 열심히 하는데 방향 없이 하는 것 같았달까.

회사를 다니며 주말 알바를 하는 것은 나름대로 기특하지만, 그렇게 해서 미래에 그걸로 뭘 어떻게 해야 겠다는 계획이 서지 않았다. 나는 직장 안에서 더 이상 되고 싶은 것을 찾지 못했으며, 카페 알바는 더욱 그랬다. 카페 일은 그 나름의 매력이 있었지만, 내가 카페 사장님이 되고 싶은 마음은 들지 않았다.

두 일을 할수록 여러 가지 생각도 들었다. 일 이외에도 동료들과의 관계나, 상사들끼리 알력, 윗선이 원하는 것

등 여러 가지를 신경 써야 하는 회사는 정신적으로 피로했지만 육체적으로는 편안했고, 마음이 편안한 카페 일은 육체적으로는 나름대로 구슬땀을 흘리게 했다.

사실 그 때 일하던 카페는 집에서 5분 거리였고 손님이 많지 않은 곳이어서 투잡으로 일을 할 수 있었지 않나 싶다. 그러나 마감이 굉장했다. 커피 머신을 뜯고 닦아야 하는 것도 일이 었으며, 매장이 꽤 넓은 곳이라 청소하려면 힘도 들고, 시간도 많이 들었다. 더구나 손님이 많진 않은 곳이라 마감을 하면서도 커피 머신을 닦기 직전까지는 손님을 받아야 했고, 또 미리 청소를 해두려고 해도 먼지 날리는 걸 싫어하는 손님이 있었기 때문에 나는 시간을 맞춰 끝내려면 3시간 전부터는 마감을 시작해야 했다.

밤 10시나, 11시 정도까지 일을 했는데 끝나는 시간을 딱 맞춰서 매장 청소를 하려면 정말 온몸이 땀으로 흠뻑 젖었다. 그럴 때마다 앉아서 일하는 일이 있다는 것에 감사해야 한다는 마음이 들 때도 있고, 향기로운 커피를 내릴 때는 또 그 나름의 즐거움과 자유로움이 있었다.

사실 긍정적이고 좋게 생각 했을때는 그렇지만, 냉정하게 생각해보면 어쨌든 직업인으로서의 나를 회사 안에서 어떻게 성장시켜야 할지 알지 못해서 두 가지 일을 하게 된 것이고, 그러느라 죽도록 피곤하고 지치는데 회사에서 상사에게 일방적으로 당하거나, 동료들끼리의 알력에 끼어 지치거나, 왜 해야 하는지 모르는 일을 기를 쓰며 해야 하거나, 남 눈치를 보느라 내가 바스라질 것 같은 날들은 버스에서 눈물이 참 많이 났다. 만원버스에서 가까이 있는 사람을 피할 수 없을 때도 눈물이 나면 누가 보든지 말든지 그냥 울었다. 눈물을 참기가 어려웠다.

그러고 집에 가서 엄마에게 내가 괴로웠노라고 토로하면, 늘 엄마는 일 하는 것이 그렇다고 했다. 단 한번도 그만둬도 좋다는 말을 해주지 않았다. 그럴 때면 엄마에게 이루 말할 수 없이 서운하고 더 없이 홀로 된 것 같았다. 또한 내가 이 사회에서 노동을 벗어날 수 없는 계층으로 태어난 것이 참을 수 없이 싫은 마음까지 들었다.

나는 일 하는 삶이 좋을 것이라고 멋진 직업인으로서의 나를 꿈꿨는데 나는 '직업인'이 된것이 아니라 '노동자'가 된 것 처럼 느껴졌다. 그런 밤이면 잠자리에서도 눈물이 났다. 가끔 분한 게 많은 날이면 험한 꿈을 꾸다가 깜짝 놀라 깨기 일쑤였다.

그쯤 코로나가 강타하면서 사람들 사이에는 실직과 투잡의 바람이 불었다. 안전하다고 생각했던 내 회사에도 예상치 못한 흔들림이 있었다. 주력 산업이 큰 타격을 받으면서 있었던 복지들이 하나씩 줄어들고, 그 사이에 직원들끼리의 사이는 칼처럼 냉랭해져만 갔다. 아마 밥을 함께 먹어도 몇 백번을 먹고, 거의 매일 커피를 마시며 담소를 나누던 사람들과 이야기를 하기가 점점 싫어져만 갔다.

임산부를 출산예정일 일주일 전까지 일 시키고 해고하는 회사를 봐서 그런가, 웬만한 몰인정함에는 적응이 됐을 거라고 생각했는데 코로나를 겪으니 그것은 세발의 피였다.
회사를 몇 십 년을 다니던 분들이 타의로 회사를 떠나는 것을 보며 씁쓸함을 느꼈다. 그 와중에 나도 퇴사하고, 다른 회사를 가게 되었다.
매체에서는 회사가 이제 더 이상 안전하지 않으니 회사 밖에서 할 수 있는 여러 가지를 만들어 내야 한다고 이야기 했지만, 나는 여전히 회사 밖에서 할 줄 아는 게 없는 사람이었다.

그래서 그렇게 나는 새 회사에 갔고, 그 이후로 나는 어마어마한 4번의 이직을 겪게 되었다. 그 과정에서 나는 정치쇼, 세대갈등, 법정갈등, 분노조절 장애, 리플리 증후군, 연극성 장애, 무지막지한 싸이코, 무능력자, 비겁자, 사기꾼, 싸이코패스, 소시오패스, 성추행범, 비열한 사람, 텃세꾼, 일진, 나쁜 사람, 못된 놈 … 등등 정말 별별 상황과 사람을 다 겪게 되었다. 다 나에게 벌어진 것은 아니고 회사 안에서 그런 상황이 목전에 벌어지고 있고 내 동료가 휘말리고 있다던지, 아니면 어떤 사람의 존재 자체가 DSM(Diagnostic and Statistical Manual of Mental Disorders, 정신질환 진단 및 통계 편람)을 탐독하게 만들어 주는 것 등이었다.

이러나저러나 나는 4번의 이직을 하는 동안 소처럼 참 열심히 였다. 방향도 모르고 앞구르기를 하는, '일'에 대한 타오로는 열정처럼 나는 늘 열심히 일했고, 그래도 4번의 이직동안 일터에서 이런저런 배움이 있었다.

나쁜 상황, 나쁜 놈만 있었던 것은 아니다. 존경하는 상사들도 있었고, 좋은 동료들을 만났던 적도 있었다. 좋은 사람들과 일할때는 정말 아, 다 같이 일하는 즐거움이 이런 것이구나 하는 마음도 들고 배우는 점들도 참 많았었다.

그런데 왜, 후배들에게 일을 많이 알려주고 능력 있고 인품 좋은 분들은 직장을 자꾸 떠나 시는건지…

밤늦도록 함께 야근하던 나에게 '집에 가라'고 얘기해주시며, 이렇게 야근도 많이 하지 말고 주말에 회사도 나오지 말고, 집에 가면 일생각도 하지 말고 '내 삶을 살으라'고 말해주시던 분이 회사를 떠나던 날 그렇게 울적할 수가 없었다.

그런 때일수록 회사생활에 대한 회의감은 깊어만 갔다. 직장생활이란 무엇인가? 정말 일로 평가받는 공간인가? 더불어, 열심히 한다고 인정받을 수 있는 것일까? 그리고 인정은 받는 다면 누구에게 받아야 한단 말인가? 상사? 동료?

사실 운이 좋았던 것은, 이직을 하는 동안 회사에서 좋은 인연들을 많이 얻었다. 그 회사들이 아니라면 만나지 못했을 그들은 내게 좋은 친구가 되어 남아있다. 그 때는 진

흙속의 진주들처럼, 그 어려움 속에서 빛나는 그들이 보였었는데 아마 밖이었다면 그들을 알아보지 못했을 수도 있을 것 같다.

그리고 시간이 훨씬 지난 지금은 직장에서 이렇게 마음이 맞는 친구가 생기는 것은 당연한 일이 아니라, 우연한 행운 같은 일이라는 것을 알고 있다.

늘 위장병을 앓게 하고, 힘들지만 뿌듯함이 있게 하는 산행 같은 직장생활. 그것은 나에게 애증처럼, 어딘가에 나에게 맞는 산이 있지 않을까 하는 희망과 결국에 산행이란 것 자체가 나에게는 맞지 않는 것 아닌가 하는 혼란의 대상이다.

무업無業 PART 4.
나와의 조우

：화해

 사실 백수로서 나를 힘들게 하던 것은, 남들에 대한 미움
이었다. 직장생활에서 힘든 상황을 만들어내던 동료와 상
사, 그리고 인격적으로 못됐던 사람들. 특히 마지막 회사
는 텃세가 정말 대단했는데 내가 건네는 서류를 동료가
건네받자마자 쫙쫙 찢어버렸던 적도 있었다. 그 사람 스
스로도 그 행동을 하고 '아, 버려도 되는 거라서요'라고
하기는 했지만 그게 그 무례함에 대한 설명이 되지는 않
았다.

 그런 기억들에 한동안은 정말 '패버리고 싶다'는 생각이
가슴에 자주 치밀었다. 그리고 동시에 내가 잘못된 사람

인가? 내가 문제가 있는 것일까? 나는 사회 부적응자일까? 하는 생각이 들어서 고통스러웠다.

나 혼자만의 시간이 행복하다가도 문득문득 과거의 기억이 찾아오면 그 기억을 떨쳐버리기 힘들어서 괴로웠다. 나에게 함부로 했던 이런저런 상사들, 텃세와 말 만들기를 수시로 했던 인격 수준이 의심스러운 동료들… 혹은 사람은 괜찮은데 무능하여 남에게 피해를 주던 사람들…

무엇보다도 '그 사람들이 아니라 내가 문제가 있는 사람인 것일까?'가 가장 괴로웠는데, 시간이 지날수록 이런저런 이야기들이 들려왔다. 그 미웠던 사람들이 웬만하면 거의 다 문제가 발각이 되어, 사측에서 소송을 당하거나, 실업급여도 안 나오는 코드로 해고 되거나, 보직해임 되거나, 징계를 받거나, 내가 나온 자리에 들어간 사람들이 계속 바뀐다거나…

이직을 한 두번 한 게 아니다 보니 이런저런 소식이 들린 것 역시 한 두개가 아니었는데 어지간한 일들은 거의 다 제자리를 찾듯이 문제가 있는 사람들이 거의 인과응보가 이루어지는 것을 보니 점점 '내가 잘못된 게 아닌가 보다…'하는 마음이 들었다.

내 이직을 지켜본 중간의 한 회사에 동료는 제법 이성적인 성격이었는데, 내게 불행이 닥쳐 허덕이며 이직할 때 나에게 해주었던 이야기가 있다.

'본인 잘못 아닌 거 알지? 그리고 그렇게 이직 하는 거 대단해'

그때는 '아냐, 내가 뭔가 문제가 있나봐. 부적응자인가 봐' 하고 대답했는데 시간이 지날수록 내 마음속에는 슬램덩크 속 채치수처럼 '나는 잘못되지 않았다…' 하는 생각이 피어올랐다.

내가 문제라는 생각을 떠나니, 마음이 한결 가벼워졌다. 그러면서 내가 내 스스로 미운 마음이 좀 수그러들었다. 나는 내가 회사 생활에 만족을 못하는 게, 혹은 적응을 못하는 게 계속 미웠었다. 더불어 내가 '남들에게 내가 어떻게 보이는지'에 대해서만 지극한 관심을 기울이고, '내가 어떤 사람인지' '내가 어떤 마음인지' '내가 무엇을 좋아하는지' 등은 내가 나 스스로 전혀 알아주지 않았다. 나를 계속 학대하고, 혹사시키기만 했었다.

내가 직장밖에서 할 줄 아는 것을 찾지 못했던 것은, 내가 무엇을 좋아하고 잘하는지, 혹은 무엇이 되고 싶은지,

같은 걸 내가 나에게 물어봐주지 않았던 게 이유라는 것을 알 수 있었다.

그동안 나는 직장 생활이 힘들거나 그만두고 싶다는 생각이 들 때면 스스로에게 '닥쳐, 그런 소리 하지 마. 남들도 다하는 거야. 징징대지 마.'라고 했다.

그러다 보니 어느 순간 나는 아무 말도 못하고 있었다. 나에게는 닥치라고 하며 남들 눈치만 보고 남들과 잘 지내려 애쓰고, 상사의 눈치만 살피던 사이 나는 나와 너무나 사이가 나빠져 있었다.

백수가 된 나는 드디어, 아무도 만나지 않을 때가 돼서야 나를 만나게 되었다. 그리고 그것은 너무나 큰 반가움이었다. 안보는 사이 좀 사이가 어색해 졌는지 아직도 잘 모르겠는 느낌은 있는데, 그럼에도 예전보다 가까워졌다.

: 나는 자유인이로소이다

 무언가 어디에 소속되지 않고, 일을 하지 않으면 죽는 줄 알았던 나는 어느새 없어지고 있는 그대로 존재만 하는 게 즐거워지기 시작했다.

 나 자신과 한결 가까워진 나는 혼자서 책을 보거나, 글을 쓰거나, 혹은 그냥 침대에 누워서 존재하기만 해도 좋았다. 그것은 꼭 어디 넓은 곳을 여행하지 않아도 내 방에서 느낄 수 있는 완전한 자유였다. 특히 누워있음은 탈진되고 별달리 할 것이 없어서 누워만 있을 때 와 그 종류자체가 아예 달랐다.

 어느 순간부터 나는 누구의 눈치도 보지 않고, 내 마음대로 하는 이 자유가 너무 행복했다. 문득 느낀 것은, 내가 정말 '직업'이 갖고 싶었는가? 아니면 그 직업으로 얻는 대가인 '돈'으로서 얻는 '자유'를 원하는 것인가?에 대한 질문을 갖기 시작했다.

 요 몇 년 코로나가 지나가고, 주식 상승장과 (하락장) 집 값 대폭등과 (대하락)을 겪으며 '경제적 자유'라는 말이 유행어 같았던 때가 있었다. 당시 나는 그건 정말 꿈같은 얘기라고 생각했다. 그리고 공감도 가지 않았다. 나는 늘 놀고 먹으며 집에만 있으면 그건 보람도 없고 사는 의미도 없을 것 같았다.

그런데 웬걸? 막상 놀고 먹어보니 너무 좋은 것 아닌가? 정말 경제적 이유만 아니라면 나는 평생도 내 방안에서 이렇게 잘 지내지 않을까? 하는 생각이 들었다. 그리고 또한 내가 그렇게 어렵게 번 돈은 스트레스 받았다며 얼마나 쉽게 썼는지도 느꼈다. 예전에는 카페 음료 한 두 잔 사먹는 건 일도 아니었고, 장을 볼 때도 쓸데없는 것을 많이 샀다. 그 뿐만 아니라 사놓고 안 입는 옷들, 안 쓰는 물건, 화장품이 얼마나 많은지…

그런 것을 볼 때 전과는 다른 감상이 들었다. 내가 내 자유와 바꾸어 스트레스 받으며 번 돈을 그만큼 소중하게 쓰지 못하고 하찮게 써버렸다는 것 말이다. 그리고 예전에 나는 무조건 돈을 많이 벌어야만 이 거친 사회에서 살 수 있다고 생각했는데 백수 생활을 하면서, 또 나 혼자 자취를 하며 절약을 해보니 생각보다 돈을 덜 쓸 수 있다는 것, 사람이 사는데 생각보다 많은 돈이 필요하지 않을 수 있다는 것을 깨달았다.

그것은 나를 더 자유롭게 했다. 그리고 동시에 왠지 내 영혼이 들판을 지멋대로 돌아다니는 어떤 동물들의 본성과 닮아있다는 생각이 들게 했다. 그동안의 삶에서 나는 나름대로 성실하고, 정해진 규칙을 잘 지키는 편이라서 스스로도 잘 몰랐다. 내가 얼마나 들짐승에 가까운 영혼을 가졌는지.

：백수를 백수라 소개할 수 없는

 자유와 돈에 대한 생각을 하던 때에, 어떤 독서모임에 갔다. 다양한 사람을 만나려는 백수의 노력 중 하나 였는데, 너무 멋있는 사람들이 많은 모임이었다. 모임장님이 자기 집에서 하는 독서모임이었는데, 알고 보니 10년이나 된 모임이었다.

 그 모임에는 CEO, 교사, 철학전공자, 도서관 사서, 좋은 회사에 다니는 직장인들이 넘쳤는데 모두 너무나 교양있고 똑똑한 분들이었다. 모임에서 선택한 책들이 신기하게도 〈욕망이란 이름의 전차〉, 〈게으름에 대한 찬양〉, 〈행복의 정복〉 등 내가 백수로서 현재 생각하던 것들이 주제였다.

 특히 〈욕망이란 이름의 전차〉는 무기력에 누워 유투브를 떠돌다 엉뚱하게 우연히 보았던 영화였다. '욕망이란 이름의 전차' 영화는 흑백인데다 주인공이 챗바퀴 도는 것 같은 독백을 일삼는 영화라 정주행은 못했는데, 그 영화를 보면서 관통하는 주제의식을 가슴깊이 느꼈었던 것이다. 마지막에 정신병원에 끌려가는 주인공 블랑쉬(비비안

리 역할)가 '난 언제나 낯선 사람들의 친절에 의지해 왔어
요.'라는 대사를 했는데, 나는 그 대사에서 나 자신을 느
꼈다.

직장인처럼 조직 안에 일부로 속해 일하는 것 말고 혼자
무언가를 도전해 볼 자신은 없는 나 자신, 그러면서 전체
의 일부로 있어야 하기에 함께하는 사람들의 눈치를 지나
치게 보고, 또 한편으로는 그들에게 의지도 하고, 불편도
받았던 나 자신…

거기에 이제는 어디로 가는지도 모르고 열심히 앞구르기
하는 '열심인'의 삶을 벗어나 한껏 게으른 자유를 즐기는
지금에 대한 이야기까지, 다양하게 나눌 수 있었다.

철학자 러셀이 쓴, 하루에 4시간만 일하고 맘껏 여가 시
간을 즐기며 사는 것이 인간의 영혼에 이롭다는 요지의
책인 〈게으름에 대한 찬양〉을 지나 같은 작가의 〈행복의
정복〉을 가니 결국에는 인간은 놀기만 할 수도, 일 하기
만 할 수도 없다는 것에 다시금 돌아오게 되었다.

다시 돌아왔지만 그 정리는 예전과는 좀 다를 것이다. 그
리고 그 이야기를 함께 나누어준 독서 모임 덕분에 나는
나 혼자서 갖고 있던 생각을 밖으로 이야기 하고, 다른 사

람들의 이야기도 들으며 다양한 생각을 해 볼 수 있었다. 너무나 좋은 시간이었지만, 나는 그 멋진 사람들 사이에서 직장인이라고 했다. 나는 나를 백수라고 소개하는 게 부끄럽고, 초라하며 자존심 상하고 창피했다. 그리고 그 감정은 은근히 나를 다치게 했다.

무업無業 PART 5.
그럼에도 불구하고 아직은,

: 취미로 돈을 버는 것은 힘들구나

시간은 계속해서 흘러갔다. 내가 나 자신을 한 조각씩 더 찾아내고, 자유를 이전보다 더욱 사랑하게 되고 마음껏 즐기게 되며 매일매일 100일 동안 글을 썼던지 간에 계속해서 백수로 있을 수만은 없는 시간이 나에게 돌아오고 있었다.

회사를 다닐 때 취미로 컨텐츠를 만들거나 클래스를 여는 사람들이 좋아보였었다. 나도 그들처럼 취미가 또 다른 무엇이 되었으면 좋겠다는 생각을 드디어 실행에 옮길 때가 왔다는 생각이 들었다.

글로 아직 무언가를 하기에는 한 없이 부족하게 여겨져

서, 예전에 즐기던 취미 중 하나를 가르쳐주는 클래스를 열기에 이르렀다. 그런데 전문적으로 하려고 하니 상세 페이지를 만들어야 하는데 그럴 능력도 안됐고, 그렇다고 외주를 맡기자니 배보다 배꼽이 더 클 것 같았다. 홍보를 하는 것도 참 부담이었지만, 우선 돈을 들이지 않는 선에서 덤벼본 결과 의외로 회원 모집이 되었다. 그것은 또 색다른 경험이었다.

문의는 정말 많아서, 혼자 꿈에 부풀었었는데 할 것 처럼 30분을 문의하고 막상 등록을 하지 않는 사람들이 정말 많았다. 그것이 몇 번 반복되니 지치는 마음이 들었다. 그런 마음들에 시달리며 교재를 만들고, 수업을 몇 건인가 진행해 보았다.

생각보다 재미있는 경험이었지만, 그 클래스를 해보고 나서 나는 깨달았다. 해당 취미를 가르쳐 주는 일이 내가 해보고 싶은 것의 하나일 수는 있지만, 내가 정말로 원하는 것은 아니라는 사실을. 내가 진짜 하고 싶은 것을 하면서 그것을 하는 게 아니라면, 이렇게 아직 내가 원하는 것을 찾지 못한 상황에서 더 이상 그 일에 집중하는 것은 아니라는 생각이 들었다. (생각보다 수업을 하는 것은 기운이 많이 드는 일이었다.)

 그러면서 또한 취미로 돈을 버는 것은 보통일이 아니라는 생각도 들었다. 그럴때면 통장 잔고를 확인해보고, 조급한 마음이 들어 이력서 파일을 열었다 닫기 일쑤였다. 그렇지만 나는 그럼에도 불구하고, 아직은 회사로 돌아가고 싶지 않았다.

:엄마는 고슴도치

백수가 되면서 주말에 본가에 가서 엄마 밥을 꽤 자주 얻어먹었다. 엄마는 백수 딸에게 맛있는 것을 잔뜩 해주었다. 엄마 손에 밥을 얻어먹노라면 회사를 그만 둔 상황인게 미안한 마음이 들때가 한 두 번이 아니었다. 그래서 대화를 할 때 수시로 내가 어떤 환경이었든 '열심히' 한 것에 대해 이야기 했는데 그럴때면 듣던 엄마는 늘 그랬든 '누구나 열심히 하는데 결론이 어떻게 됐느냐가 중요하다.' 같은 이야기를 했다.

현실주의자인 엄마는 대화를 하다보면 자주 그런 편이었다. 다른 집 이야기를 할 때도 늘 어찌됐든지 간에 그래서 경제적으로 성과가 있었느냐?가 중요하고 핵심인 경우가 한 두 번이 아니었다. 냉정할 순 있어도 현실에서 그게 중요한 건 사실인지라 나는 늘 말문이 막히다가 그냥 넘어갔는데 하루는 왜인지 울컥했다. 그래서 차려준 밥 잘 먹던 중에 혼자 글썽글썽 하면서 그렇게 이야기 하지 말라고, 그렇게 이야기 하면 나는 결론적으로 열심히 발버둥쳤지만 결국 백수가 된 것 아니냐고 이야기 했다. 그러니 당황한 엄마는 말을 돌렸다.

그 날은 내가 급발진 해서 글썽글썽 하니 엄마가 나를 울릴까봐 그냥 넘어갔다고 생각했다. 나도 나이 먹고 다 커서 밥 먹다가 느닷없이 울려고 한 게 부끄러워 유야무야 넘어갔다. 그러다가 어느 날 엄마에게 물어봤다. 내가 이렇게 지내는 것이 괜찮으냐고. 혹시 부끄럽진 않냐고.

"니가 뭐가? 어디가 어때서."

엄마의 말에 나는 화들짝 놀랐다. 삼십대에 백수를 하고 있는 내가 엄마에게 부끄러울 것이라고 나 혼자 생각했었다. 놀랍게도 엄마는 뭔 소리를 하느냐고 반문하였다. 나는 엄마에게 물어보지도 않고 혼자서 속으로 지레 생각하고 있었다.

평상시 엄마의 말에서 묻어나던 현실주의대로 나를 판단하고 있을 것이라고. 그런데 놀랍게도 엄마는 고슴도치였다. 나는 엄마에게 남들처럼 판단 받는 존재가 아니었던 것이다. 백수생활에 대해서도 비난이 아니라 '괜찮다.'는 이야기를 듣다니. 내가 엄마를 그동안 오해했었다는 생각이 들었다.

늘 나는 엄마에게 인정받고 싶었으며, 기대에 부응하고

싶었다. 한 번도 엄마가 '무엇이 되어라' 같은 압박은 한 적도 없는데 엄마가 내가 무엇이 되길 원하는지 알지도 못하면서 막연하게 가졌던 압박감이었다. 대놓고 표현한 적은 없지만 나는 엄마가 내게 실망할까봐 늘 두려웠었다.

그런데 그 모든 게 나의 오해였다니? 이것 또한 나에게는 놀라운 발견이었다. 가장 가까운 사람인 엄마를 내가 몰랐었구나.

알바생 혹은 PART 1.
서른이 넘은 카페 알바생

: 재직하던 회사 앞 카페

매월 드는 생활비를 계산해 보니 회사에 가지 않을 거면 알바를 해야겠다는 생각이 들었다. 알바를 하려니 차라리 그냥 회사로 돌아가야 하게 아닌가 하는 고민에 끔찍하게 시달렸다. 내가 왜 직장생활에 실패했나를 복기하며 직무가 문제였는지, 운이 나빴는지, 내가 잘못된 선택을 무엇을 했는지 도돌이표 같은 고민을 하다가 도저히 안 되겠다는 생각이 들었다.

구직사이트를 둘러보며 같은 실수를 하지 않으려면 나에게 맞는 회사를 찾아내야 하는데 도저히 찾아낼 수가 없었다. 일단 잡플래닛에 들어가서 별점을 보면 한숨이 나왔다. 잡플래닛은 전부 믿을 수는 없지만 경험상 일정부분 사실에 근거한 부분이 많다고 느꼈던 것이다.

다시 이전에 삶에서 나에게 하던 대로 압박을 가하여 어떻게든 회사에 가볼까, 하는 생각도 잠시 들었지만 나는 아직은 때가 아니라고 판단했다. 다시 내가 직장 생활을 한다면 지금과 같이 돈 때문에 하는 것이 아니라 다른 무엇이어야 하지 않을까 하는 생각이 들었다. 어떤 사람들은 돈 때문에 하는 것이 맞다고 하지만 정말 그럴까?

그 사람의 삶에서는 그게 괜찮고, 그럴수도 있는 것일지 몰라도 나에게는 아니었다. 그리고 어쩌면 그 사람도 돈 때문에 한다고 대답하지만, 그 직업이 은근히 적성에 맞는 부분이 있을지도 모르고 말이다.

어쨌든 간에 나는 다른 무엇이 더 필요했다. 그런데 그것을 아직 찾아내지 못 한 것 같았다. 더불어 내가 꼭 회사가 아니라 다른 방법으로 일할 수 있다면… 같은 고민을 하다가, 긴 시간은 어려울지 몰라도 한 두달, 두 세달, 이라도 나 자신에게 좀 더 헤매고, 찾아볼 시간을 주고 싶다는 마음이 들었다. 그러나 통장잔고가 줄어든다면, 나는 마음이 급해질 것이었고, 그래서 또 급하게 하는 선택은 실수를 불러오기 딱 좋았다.

방에서 더 이상 고민 하는 것은 무의미했다. 그래서 나는 몇 년인가 만에 알바몬을 켰다. 4번의 이직을 하는 동안 사람인과 잡코리아는 뻔질나게 드나들었지만, 알바몬은 정말이지 오랜만이었다.

나는 직장생활 대부분을 판교에서 했고, 그래서 자취집 도 판교에 얻었다. (※우연한 기회에 좋은 조건으로 얻었 다.) 직장생활을 하면서는 잘 조성된 이 신도시가 좋았다. 식당이나 카페들도 예쁜 곳들이 많았기에 일하면서 그곳 들에 갈 때는 나름대로 숨통이 트이는, 힐링의 시간들 이 었다.

점심시간이나, 업무 중 잠시 숨 돌릴 때 카페에 가서 야 외 테이블에 앉아 햇볕을 맞으며 음료를 마실 때면 카페 에 일하는 것도 꽤 좋아보였다. 비록 점심시간에는 발 디 딜 틈 없이 사람이 몰려 바빠 보이긴 했지만, 그때는 그것 도 너무 한가한 것 보다 그 나름의 재미가 있어 보였다.

그런 마음으로 보던 카페들이긴 하지만, 직장인으로 일 하며 커피를 사 마시러 가던 곳에 알바로 가게 되었다는 것은 많이 복잡한 마음이 들게 했다. 그것은 부끄러움과 민망함이 뒤섞인 이상한 색깔의 감정이었다. 다시 그곳의 직장인이 되지 못하고 그 앞에 있는 카페 알바생으로 간다는 것은…. 더구나 내 나이가 어리지도 않지 않은가.

젊다고 보면 젊겠지만, 20대도 아니고 30대에 다니던 회사 앞에 있는 카페에서 일한 다는 것은 직장 동료들을 만날 수도 있고, 생각보다 큰 용기가 필요했다. 나쁘게 생각하면 다시 직장으로 돌아가지 못한 것이지만, 좋게 생각하면 색다른 도전이거니와 어찌됐든 내가 나를 건사하기 위한 노력이었다.

알바를 구하는 곳은 많아서 이런 저런 곳에 지원을 했다. 판교이기 때문에 블록별로 회사는 깔렸고, 그만큼 카페도 깔렸는데 너무 마주치기 껄끄러운 직장동료나 상사가 있는 곳 앞에 카페는 조건이 나와 잘 맞아도 제외했다. 그러면서도 혼자 마음이 민망하고 은근히 속상해 베개에 얼굴을 파묻게 했다. (그렇다. 누워서 핸드폰으로 했다.)

그러던 중에 내가 정말 거의 1년 반 동안 매일 가던 카페에서도 구인을 하는 것을 보았다. 그것은 정말이지 색다른 기분이었다. 거기는 내가 너무 자주 가서 일하시는 분들이 내가 어떤 메뉴를, 어떻게 커스텀 해 먹는지 알고 내 얼굴만 보고 그냥 알아서 해 주는 곳이었다.

그곳을 포함해 이곳 저곳 지원을 하니 집이 가까워서 그런가 대부분의 카페들이 면접을 보러 오라고 했다. 단골 카페 전에 이런저런 카페들 면접을 갔다. 그런데 면접을 가보니 생각보다 폐부를 쑤시는 것 같은 질문들을 많이 받게 되었다.

카페 경력이 어떻냐? 라는 것은 짧게 끝나고 이 나이에 왜 카페 알바를 하느냐? 뭐 하는 사람이냐? 등등 내 존재에 대해 나 스스로도 하는 고민을 깊숙이 받게 되었다.

그때 나는 나도 모르게 글을 쓰고, 수업을 하고 싶고, 청년 단체(니트컴퍼니)에서 하는 전시에 참여하고 싶다고 이야기를 했다. 그러나 갸우뚱 하며 내 존재를 파고드는 질문을 계속해서 해왔다. 그 질문들에 답하며 나는 너무나 창피한 감정들을 느껴야만 했다.

깊숙한 질문에 불편하고 당황한 기색을 보이자 알바생들이 짧게 일하고 그만두거나, 지금 일하는 알바가 맘에 들지 않아 새로 뽑는 거라고 설명해주는 사장님들도 있었지만 어쨌든 연봉을 받다 시급을 받으면서 받는 질문치고는 너무 과하게 느껴졌다. 더불어 얼마나 일 할 사람이 넘치면 알바 자리도 이렇게 빡빡할까, 하는 생각도 들었다.

면접 후에는 너무 마음이 힘들어 차라리 이러지 말고 회사에 가야 하는 건가 하는 생각까지 마음에 스칠 지경이었다. 그러다 드디어 단골 카페에 면접이 잡혔다. 이런 저런 알바 면접에 상처받은 나는 그래도 단골이었는데, 하는 마음으로 카페를 향했다.

나를 알아보며 반가워 한 사장님은 이미 사람을 뽑았지만, 내가 맘에 든다면서도 역대급 알바 면접을 시전 했다. 앞서 면접 때 받았던 질문들을 계속 던지고, 왜 직장인을 안하고 그걸 하는 거냐? 부터해서 그래서 하려는 게 안되면 그만둘거냐?는 등 급기야 나중에는 자신에게 어필하라는 말까지 들었다.

어이가 없어진 나는 '이만하면 된 것 같고, 그냥 다른 사람 뽑으시라.'고 말을 했다. 그러자 당황한 그는 이미 주부 알바생을 뽑아서 그런데, 불친절하다는 컴플레인을 받아서 새로 뽑는 중이라 그 분을 그만두게 해야 해서 그만큼 어필이 필요했었다며 횡설수설했다.

1년 반동안 백 만원 좀 넘고 이 백 만원은 안 되는 돈을 그 카페에 썼던 나는 더러운 기분으로 면접을 마쳤다. 카페에 나와 찬바람을 맞으며 혼자 중얼 중얼 욕을 좀 했다. 아, 사먹을 때와 거기서 돈을 받을 때는 단골이고 나부랭이고 이렇게 다른 것이 구나!

그 면접 직후 오픈한지 얼마 안 된 카페 면접이 있었다. 그곳은 얼핏 지나가면서 보기에도 메뉴가 너무 많아 일이 너무 힘들어 보여 그렇게까지 가고 싶은 마음이 들지는 않는 곳이었다. 그러나 직전의 면접이 다 엉망이었기에 나는 아, 모르겠다! 하는 심정으로 그 카페 면접에 들어갔다. 적으면서 보니 이렇게 여러개의 면접을 보고, 심지어 연달아 면접을 잡아둔 나도 참 어지간하다는 생각이 든다.

그리고, 그렇게 별 기대 없이 본 면접은 정말 독특했다. 키와 덩치가 무지 커 위압감까지 느껴지는 젊은 사장님이었는데, 단 3가지 질문 했다.

"카페 일 해보셨죠?"

"집이 가까우시네요."

"내일 시간 되세요? 괜찮으시면 내일부터 출근하세요."

어벙벙하게 내일부터 출근하기로 하고 그 카페를 나왔을 때, 내 마음을 상하게 했던 단골 카페에서 출근해 달라는 문자가 와 있었다.

：어떤 발견과, 기쁨들

 나는 개강해서 학교에 가야하는 대학생 친구 자리에 들어간 것이었다. 때는 2월 마지막 쯤으로 황급한 시기이기는 했다. 이야기가 너무 길어 위에는 적지 않았는데, 사실 면접을 봤던 카페들 중에 몇 군데는 하루 정도씩 나가서 일을 해 본 곳들이 있었다.

 한 곳은 23살쯤의 알바생을 뽑았는데, 그 친구가 너무 착한데 답답하게 일을 못해서 아직 자르지는 못하고 새 알바를 뽑아보고 있다는 것이었다. 이미 직장생활에서 이런저런 혹독함을 느꼈던 나는 23살 밖에 안 된 친구가 벌써부터 잘리는 경험을 할 필요는 없다고 느껴서 그냥 안 하겠다고 했었는데, 점심에라도 잠깐 나와 달라고 해서 나가봤다. 앞에 적은 것처럼 어린 친구 자르지 말라고 하고 그냥 안 나갔다.

 이 곳 외에는 근처 게임회사의 사내카페에 나가 봤다. 판교답게 좋은 건물에 좋은 복지를 갖추고 있는 곳이었는데, 그 회사에 입사를 해도 모자랄 판에 사내 카페에 아르바이트를 하고 있다니… 하는 복잡한 마음을 뒤로하고 위치가 집에서 워낙 가깝고 시간이 내 조건과 잘 맞아 한번 나가 보았다.

그런데 말도 못하게 바쁘고, 소리소리 지르는 환경이었다. 일하는 사람들이 어찌나 하나하나 일일이 전부 지적하든지 일하러 간지 1시간 만에 아 여기는 정말 아니구나 싶었다. 요즘 시대에 좀 뒤떨어진 비유이긴 하지만, 시어머니가 한 10명이 있는 느낌이었달까. 더구나 일이 얼마나 쎈지 최저시급에 이 구박을 받으면서는 정말 아니구나 싶은 마음이 들었다.

그런 경험들을 뒤로하고 면접 다음 날 일하러 가니 개강을 하는 동생이 아주 친절하게 이것저것 알려주었다. 복잡한 메뉴에 당황했지만 그 아이의 상냥함과 친절함이 감동적이었다. 그리고 점심시간부터 같이 일하는 동생도 왔는데 간호사인데 잠시 일을 쉬고 알바 하고 있다는 그 동생 또한 너무 배려가 깊고 다정했다.

아니나 다를까 점심시간이 되자마자 직장인들이 몰려들었는데, 그게 안에서 직접 겪어보니 흡사 러시아워의 지하철 같았다. 처음이라 별로 할 줄 아는 게 없던 나는 얼음이나 물이나 채우고, 설거지나 하며 병풍노릇을 하고 있던 중에 그 바쁜데 많이 도움이 못 된다는 게 민망한 마음이 들었다.

 그래서 뭐라도 도와준다는 게 작업대에 물을 말도 못하게 많이 쏟고 말았다. 거의 전쟁통이었고 그렇게 쏟을 만한 상황이 아니었던지라 너무나 당황한 나는 사과의 말도 잘 안 나왔다. 그런데 같이 일하는 동생들이 얼른 달려와 행주로 닦아주며 '언니 괜찮아요? 저희도 맨날 그래요.'라고 말을 해주었다. 그게 정말이지, 말도 못하게 고마웠다.

 너무나 감동한 나는 최대한 피해를 끼치지 않게 얼른 적응해 도움이 되어야겠다는 마음이 들었다. 더불어 말 수가 없는 사장님은 나에게 구박도, 요구도 거의 아무것도 하지 않았다. 이 사장님은 뭘 알려줄 때도 천천히 알려주고, 내가 아무리 허둥거리고 잘 못해도 재촉하는 법이 없었다. 더불어 그렇게 바쁜 상황에서 손님이 말을 걸거나 하면 좀 불친절할 수도 있는데, 손님이 말을 걸었을 때는 항상 말도 못하게 친절했다. 급하면 사람이 좀 빨리 못 알아듣거나 대답하는 목소리가 다소 커질 수도 있는데 그런 법이 전혀 없었다. 내가 느끼기에는 얼마나 인내심 있는지 정말 대단하다는 생각까지 들었다.

나는 평소 회사에서 일 할 때도 바쁘면 말도 빨라지고, 좀 목소리가 커질 때도 있는 편이 었어서 그런가 더욱 느끼는 점이 많았다. 같이 일하는 동생들도 가짓수도 많고, 복잡한 레시피에, 바쁜 상황에도 하나하나 꼼꼼하고 대충하는 법이 없었다. 마지막 장식 하나하나까지 그 바쁜 상황에도 대충하지 않는 모습이 너무 대단해 보였다.

나의 일하던 모습도 그렇게 하나하나 세심하고 꼼꼼했는지. 회사에서 일할 때 중요하지 않다고 느끼거나 하면 좀 하기 싫고 귀찮은 마음이 들었었다. 그래서 핵심 업무가 아니다 싶으면 대충 할 때도 있었는데 뭔가 부끄러운 마음도 들었다. 사실 나는 그 버릇이 이어져 알바 할때도 민트 잎을 얹거나 하는 맛에 큰 영향이 없는 거는 귀찮으니 대충 빼버리고 싶은 충동이 들었던 것이다.

알바 동생들이 나보다 훨씬 어렸음에도, 정말 일하는 모습에서 배우는 부분들이 많았다. 나는 여기서 '일 잘하는 사람은 허드렛일도 잘한다.'는게 무슨 말인지 알 수 있었다. 더불어 무엇보다 좋았던 것은 내 경험에 의하면 회사든, 알바든 바쁘거나 일이 힘들수록 사람들도 피로해서

예민하고 같이 지내기 어려운 부분이 많았는데, 여기 동생들은 정말 배려심 깊고 인내심 깊었다. 사실 사장님도 한 번도 잔소리 하거나 구박하는 법이 없었다. 더불어 이 사장님 만큼 나에게 아무런 질문을 안 하는 직장 상사도 처음이었다. 그리고 그게, 너무 좋았다. 면접은 물론이고 하루 일하러 나갔던 카페에서도 나는 남자친구가 있냐, 없으면 우리 사촌오빠 소개 받을래? 하는 이야기에 시달렸기 때문이었다.

 사실 바쁘고 힘든 곳이었지만, 나는 일터에서 이런 사람들을 만난 것에 깊은 기쁨을 느꼈다. 레시피가 복잡한 편에, 사람이 몰려들어 천천히 할 수 없는 것이 부담됐지만 나는 내가 할 수 있는 한 최선을 다하고 싶다고 느꼈다. 그래서 일하기로 한 시간이 지나더라도 조금씩 더 하고 집에 갔다.

 대학생 동생은 나와 단 4일 일하고 개강해서 학교에 가야 하는 상황이었다. 급기야 나는 집에 가서는 레시피 깜지를 쓰며 외우기에 이르렀다. 오전 7시부터 가서 오픈을 하고 오후 2시까지 일하는 것이었는데, 옆에서 알려주며 내가 못하는 것 있으면 도와주던 그 동생 없이 일해야 한다는 게 말도 못하게 큰 부담이었다. 얼마나 부담이었냐면, 위까지 콕콕 쑤셨다.

바쁘고 메뉴도 복잡하긴 했지만, 어린 동생들도 하고 있는 일인데 내가 이렇게 까지 부담을 느낀다는 게 한편으로는 좀 민망하기도 했다. 집에서 몇 개월을 굴러다니며 놀다가 가서 그런 영향도 있었겠지만 말이다.

이 알바에서 만난 사람들은 내가 여러번 이직 하며 만난 사람들이랑은 아주 달랐다. 인수인계 빨리 못 받기만 해봐라, 얼마나 잘하는 지 보자. 하는 사람들을 자주 보던 나에게는 너무 신선한 기쁨이었다. 또한 그 바쁨 속에서도 우리들끼리는 뭐가 어쨌든 간에 웃으면서 일했는데, 그게 너무나 좋았다.

단 4일 일했지만, 꽤 긴 시간 일하고 말도 못하게 바쁜 함축된 시간을 보내다 보니 정이 들었던 그 대학생 동생은 알고 보니 유명과고 출신이었다. 그 동생과, 간호사 동생과 우리는 셋이 이런 이야기를 하였다. 우리가 여기서 이렇게 만난 것은 순전한 우연이고 운이라고 말이다. 그 동생은 방학이면 다시 알바 하러 오고 싶다며 떠났고 나의 본격적인 알바생활이 시작됐다.

: 손이 희다는 백수白手, 수고手苦 하지만, 행복하다

아침 6시가 좀 지나면 일어나서 알바 하러 갔는데, 정말이지… 알바가 끝나면 말도 못하게 힘들었다. 직장인으로서의 힘듦과는 또 차원이 달랐다. 알바 시간은 오전 7시부터 오후 2시로 끝나면 오후에는 내 시간을 보내려 했었는데, 그러긴 정말 어려웠다. 우선 다녀오면 견딜 수 없이 피곤해 잠깐 누우면 내가 언제 잠들었는지도 모르게 잠들어 버렸다. 그리고 나서 깨면 몸이 부어있고 삭신이 이루 말할 수 없이 쑤셨다. 특히 손 마디마디가 너무 쑤시고 손 자체가 화끈 거렸다. 퇴근한지 1시간이 지나도 손이 시뻘 갰다. 다리가 붓고 쑤시는 거는 말할 필요도 없는 당연함이었다.

손이 너무 아플 때는 백수는 손이 희다는 뜻이라는데, 무슨 백수가 손이 이렇게 고통스럽나 싶었다. 그래서 검색해 보니 수고에는 손 수자(手)가 아니라 받을 수(受)자이긴 했다. 그런데 나에게 수고는 손이 고통스럽다 그 자체였다.

견디다 못한 나는 1년치 회원권을 등록해 놓고 가지 않던 헬스장에 가기 시작했다. 왜냐면 그 헬스장 샤워실에 목욕탕과 사우나가 있었기 때문이었다. 가서 뜨거운 물에 몸을 좀 담구고 돌아오면 좀 나았다. 웃기게도 나는 목욕을 하러 헬스장에 가고 있었다.

일하는 7시간 동안 단 한 번도 앉지 못하고 쉴새없이 일하는 날들이 이어졌다. 그 와중에 복잡한 레시피의 프라페는 손도 못 대고 있어 전부 간호사 동생이 해주고 있었는데 미안한 마음에 나는 1시간 정도는 더 일하고 돌아왔다. 프라페는 무거운 블렌더를 돌리고, 씻고를 반복하며 해야 해서 더 미안한 마음이 들었다. 듣자하니 매장에는 2시정도 까지 거의 300-500명은 온다고 들었다. 아주 고됐다.

아주 초봄이어서 출근할 때 때로는 해가 뜨고 있을 때도 있고, 벚꽃이 만개 했을때는 카페 앞 풍경이 명소보다 예쁠 때도 있었는데 그런 것들을 느끼기 어려울 때가 많았다. 진동벨이 없어서 몇 번이고 손님을 소리쳐 부르며 정신없이 밀려드는 주문을 상대해야 했다. 처음에는 소리를 너무 질러 성대결절이 오는 게 아닌가 걱정될 정도였다.

그래도 한 바가지씩 음료를 잘못 만들어가도 아무런 말

을 하지 않는 사장님과 일 한다는 것은 큰 복이었다. 더불어 묵묵하고 배려심 넘치는 간호사 동생은 말 해 무엇하랴. 사장님은 좀 말이 없고 무뚝뚝해서 어려운 점도 있었지만 바쁜 시간이 지나면 우리끼리 두고 나가기도 했다. 그러면 우리는 남은 정리를 하면서 이야기가 잘 통해 깔깔 댔다. 바쁜 것은 고생스럽긴 했지만 나름대로 재밌기도 했다. 아이스크림 타이쿤 게임처럼 말이다.

그렇지만 워낙에 고생스러워서 일하고 돌아가는 길에는 정말 몸이 천근만근일 때가 많았다. 더불어 집 가서 죽은 듯이 잠들고, 깨서 몸이 쑤셔서 목욕을 하고 돌아와 컵라면으로 저녁을 때우고 대충 치우면 잘 시간이었다.

손은 마디마디가 쑤시고 물을 많이 만져 손 피부가 벗겨지고 있었다. 그래서 핸드마사지기를 사고, 미끌 거리는 게 싫어 누가 줘도 잘 바르지 않는 핸드크림을 샀다. 그리고 틈나면 감기가 걸리거나 몸살이 나서 병원에 출입했다. 어떤 면에서 깽값(?)이 드는 알바였다.

그래도 즐겁게 일한다는 것이 좋았는지, 엄마를 비롯해 가까운 친구들이 나를 보고 얼굴이 밝아졌다고 했다. 서른이 넘어, 고된 알바를 하고 있는데 사람이 밝아졌다니.

너무 웃겼다. 경력직도 인적성을 보고 들어가는 회사에 이직해 다닐 때 내 얼굴은 역대급으로 썩어있다는 말을 들었었다.

아무리 즐겁게 일하고 돌아갈지라도 때로는 몸이 너무 아프고 피곤해 내가 계속 이 알바를 할 수 있을까, 언제까지 할 수 있을까, 혹은 내가 너무 못하겠어서 갑자기 그만두겠다고 해 피해를 끼치지 않을까 하는 생각이 들 때도 있었다. 혹은 이렇게 고생스러운데 회사 연봉 받을 때와 지금 알바비를 생각하면 한숨이 나오는 때도 있었다.

그런데, 놀랍게도 나는 행복했다.

:나를 백수라고 소개하다

고된 알바 가운데 언제나 알바로 지낼 수만은 없을 텐데 무언가를 하기엔 끔찍하게 피곤했다. 그러던 중 시에서 진행하는 글을 쓰는 클래스에 신청을 했는데, 당첨이 돼서 가게 되었다. 기다리던 수업이었지만, 가는 길에 나는 죽을 것 같이 피곤했다. 저녁에 진행하는 수업이라 일하고 돌아와 잠시 쉬고 갔는데, 사실 정말 가기 싫었다.

기다리던 강의였는데, 몸이 너무 힘들었다. 15분 정도 걸어가면 되는 거리였는데 버스를 타고 갈까 갈등이 들 정도였다. 그렇게 도착한 수업에서, 선생님이 각자 자기소개를 시켰는데 수업에 온 사람들은 모두 멋진 사람들이었다.

前 승무원, 회사원 겸 음악가, 간호사 겸 브런치 작가, 상담사, 초등학교 교사, 사서…. 모두 개성이 넘쳤고 자기 자신에 대해 당당했다. 어떤 목표를 가지고 있으며 왜 글을 쓰고 싶은지 명확했다. 그 사이에서 내 소개 차례가 돌아올수록 초조했다. 원래 그랬듯 그냥 직장인이라고 할지, 갈등이 들었다.

내 차례가 되었고, 나는 나도 모르게 나를 백수라고 소개했다. 그리고 나는 왜 백수를 하냐면, 남들이 말하는 정해진 길을 벗어나 나를 찾고 싶어서라고 대답했다. 너무나 진심이었는데, 찰나의 시간동안 혹시나 사람들이 나를 별 것 아닌 사람이라고 무시할까봐 두려웠다.

그런데 놀랍게도 내가 소개할 때 멀리 앉은 사람도 내 이야기를 주의 깊게 듣는 것을 느꼈고, 내 소개가 끝나고 나서 어떤 분은 내게 와서 이야기 너무 잘 들었다고 해주었다. 너무 신선한 느낌이었다. 그동안 나는 나를 직장인이라고 대충 둘러댈 때마다, 남들에게는 별 피해를 주지 않았지만 나 자신에게는 상처를 주었다.

내가 내 스스로를 창피해 한다는 것을 속으로 알고 있었다. 그런데, 이 날 이 자기소개는 내가 나를 남들앞에서 있는 그대로 드러낸 것 그 자체였다. 순간적으로는 버릇처럼 남들을 의식하는 생각에 시달렸지만 그래도 내가 나를 인정해 준 순간이었다.

그리고 이 수업에서 선생님을 우리 모두가 지망생이지만, 작가라며 이름 뒤에 '작가님'을 붙여 불러주셨다.

: 니트 컴퍼니 입사

이 정신없는 가운데 나는 기다리던 니트 컴퍼니에 입사하게 되었다. 나는 13기 니트 컴퍼니 사원이 되었다. 매일 자기가 정해진 업무 인증 하고, 주 마다 화상회의를 하였다. 같은 팀인 사람들끼리는 자기소개도 하고, 주 마다 정해진 주제를 가지고 이야기를 나누었다.

자기소개를 할때 '해밤'인 내 닉네임(이자 필명)을 어떻게 지었냐는 질문을 받았다. 한참 회사생활이 힘들고, 일상에서도 어려운 일을 만났을 때 제주도 여행을 갔었다. 나는 여행을 잘 가지 않아서 20대 후반이었는데, 제주도가 처음이었다. 그리고 그 여행 게스트 하우스에서 하는 이벤트로 밤에 산속에 유명 나무 앞에 가서 스냅사진을 찍는 이벤트가 있었다.

어두운 밤 차를 타고 산 속에 들어갔는데 정말 라이트 불빛 말고는 새카맣고 장난이 아니었다. 차 속에서부터 너무 무서웠다. 장소에 가서 내렸는데, 자동차 라이트 불빛이 꺼지니 바로 앞 발걸음을 디딜 부분이 보이지 않을 지경이었다. 정말 칠흙 같이 어두워서 너무 무서워 처음 보는 게스트하우스 사람과 손을 잡고 걸었을 정도였다. 바로 앞에 걸어가는 친구의 흰 옷자락이 흔들리는 것도 너무 흐리고 뿌옇게 보여서 귀신 옷자락 같이 보였다.

그런 가운데 나무가 좀 걷히는 곳에 가니, 하늘의 달이 놀랍도록 밝았다. 얼마나 밝고 가까운지, 구름 가운데 빛을 뿜는데 밤이 맞나 싶을 정도로 너무너무 밝게 느껴졌다. 특히 도시와 달리 사위가 어둡고 불빛이 적으니 하늘의 달빛이 특히 더욱 밝게 느껴졌다. 구름 가운데 빛을 뿜는 달이 떠있는 그 밤은 정말이지, 너무나 신비로웠다.

그 밤에서 내 이름을 따왔다. 삶을 헤매는 것은 때로는 캄캄한 밤을 건너는 것처럼 막막하지만, 그 밤이 제주도에서의 밤처럼 밝고 신비롭고, 다정하기를 바라는 맘에서였다. 내가 건너는 밤도, 여러분이 건너는 밤도 그렇길 바란다고 이야기 했다.

더불어 현재의 무업無業기간을 어떻게 지내고 있냐는 질문에, 고된 카페 이야기를 했는데 모두 재미있게 들어주었다. 이런 이야기를 이렇게 자세히 들어주고 공감해주는 사람들이 있다는 것이 너무 다정하고 따뜻하게 느껴졌다.

그 날 이후 내가 쓴 업무 인증에 이런 댓글이 달렸다.

"우리 모두는 해밤이 필요합니다."

: 나도 누군가에게는,

즐겁지만 고되고 정신없는 나날들이 이어졌다. 무언가를 만들어내는 사람이 되고 싶은데 알바에 지쳐 쉽지 않았다. 알고 보니 내가 하는 알바는 몇 일 일하고 그만둔 사람이 한 둘이 아니었다. 내가 좀 허약하거나 침대에 굴러다니던 백수 였어서 힘든 게 아니라 누구에게나 힘든 알바가 맞았던 것이다.

사실 나도 놀라울 정도로 구박하지 않고 질문하지 않는 말 없는 사장님과, 배려심 넘치고 일 잘하는 간호사 동생과, 일을 다정히 알려주고 간 대학생 동생이 아니었다면 굳이 안 했을 노동강도이기는 했다. 그리고 어쩌면 내가 그전에 겪었던 일들 때문에 더 좋게 다가왔던 것 같기도 하고.

그 가운데서 일이 적응된 부분도, 혹은 천천히 익혀가는 부분들도 있었다. 고맙고 기쁜 마음과 늘 상사 눈치를 보던 것들이 뒤섞여 굳이 안 해도 되는 일을 하거나 굳이 안 봐도 되는 눈치를 보거나 하는 일들도 있었다.

내 마음을 바라보면서 내가 참 피곤하게 사는 사람이구

나, 싶은 생각도 들었다. 아, 그리고 알고 보니 사장님이 나보다 1살 어렸다. 그걸 처음 알았을 때는 내가 여기서 나이가 제일 많다니, 너무 충격이었다. 그 때는 내가 알바를 하는 게 어쩌면 정말 부적절한 일 일 수도 있겠구나 하는 생각도 들었고 말이다.

그러던 중 카페가 정말 말도 못하게 바빴다. 날씨가 좋아지면 좋아질수록 바빠졌다. 그리고 조금만 더 있으면 간호사 동생이 일을 그만 둔다는 이야기도 들었다. 그 동생도 잠시 병원 일을 쉬는 동안 알바를 하기로 한 것이라 처음 일하기로 했던 약속한 시간이 돌아오고 있다고 했다. 그래서 새로 알바생을 뽑게 됐다. 네덜란드 사람으로. 처음에는 좋았다. 알바하는 곳에 외국인 동료라니. 그 네덜란드 사람은 한국말도 너무 잘하는 사람이라고 했다. 그래서 온 그 사람은, 한국말을 정말 잘했다. 한국 사람이랑 이야기 하는 것과 별 차이가 안 느껴졌다.

그리고 나는 키가 173으로 여자 치고 키가 큰 편인데 그 사람은 키가 160이 안됐다. 그리고 몸무게가 40키로 대라고 했다. 정말 작고 여린 사람이었다. 종이인형 같은 체구라 힘 쓰는 일을 하러 가면 얼른 가서 도와줘야 할 것 같은 의무감이 드는 사람이었다. 더구나 나보다 어리기도 했고, 외국에서 일한 다는 것도 보통일은 아닐 거라는 생각이 들어서 나는 나 나름대로는 정말 최선을 다해 도와주었다.

사실 여기 일은 해도 해도 적응이 안 되고 몸이 계속 아팠다. 새벽부터 일해서 그런지 피곤함도 심했다. 나는 이곳에서 일을 하면서 왜 식당 이모들이 브레이크 타임에 의자를 붙여 두고 누워서 쉬어야 하는지 온 마음으로 깊이 이해하게 되었다.

그런 나는, 사실 나도 죽을 지경이었다. 하루에 몇 백명을 소리쳐 부르고 몇 백잔의 음료를 만들며 설거지를 하고, 부자재를 채우고 한시도 앉지 못하고 일하는 것은 나에게 보통 중노동이 아니었다. 굳이 헬스장에 목욕하러 가는 것만 보아도 알 법하지 않은가.

그 와중에 내 딴에는 그 친구에게 잘해준다고, 피곤해 입도 잘 안 열리는데 일을 열심히 알려주고, 높은 곳에 있는 건 내가 꺼내주며 힘쓰는 일을 대신 해주었다. 그 네덜란드 사람은 극 내향인 이었는데, 목소리도 작고 일에 적응을 어려워했다. 바쁜 중에는 무엇을 해야 좋을지 몰랐으며, 사람이 적을 때는 한국말을 너무 잘 알아듣다가 갑자기 바쁜 점심만 되면 말을 잘 못 알아들었다. 그리고 여러 방면에서 이해가 가지 않는 면들이 많았다.

그 가운데 한국인 중에서도 성격이 급한 편이며, 내 앞에 당면한 문제를 빠르게 처리해야 한다는 강박이 있는 나로서는 속이 터질 지경이었다. 특히 자기 성질나면 빨리 내놓으라고 소리 지르며 불벼락을 내리는 상사 밑에서 3년이 넘게 일한 나로서는 급한 일은 빨리 하는 것이 습관이 되어있었다. 나에게는 점심에 주문이 밀려드는 것은 급박하게 빨리 처리해야 하는 일이었다. 마치 '문제 해결' 같았달까. 나는 문제 해결을 하는 게 중요한 사람이다.

그 친구와 일하는 것은 내게 너무나 큰 스트레스였다. 가르쳐주고 배려하느라 내 에너지가 많이 드는 것도 힘들었지만, 무엇보다 답답한 것을 참는 것이 힘들었다. 그런 중에 그 친구를 인내심 있게 기다려주는 사장님과, 간호사 동생은 내게 자괴감이 들게 했다.

나는 어지간하면 일하면서 그렇게 까지 피해를 주는데, 이해 받는 상황에 있어본 적이 없다. 하다못해 스무살에 알바를 가서도 빨리 잘 못해내면 어른들에게 혼이 났었다. 회사에서는 말 해 무엇하랴. 내가 오죽했으면 골병드는 이 힘든 알바를 혼내지 않는 사장님과 다정한 동료 때문에 일하기로 결심했다는 것 자체가 그 반증이라고 생각이 든다.

그렇지만 동시에 그 네덜란드 친구를 기다려주기 힘든 내가, 내가 싫어하는 사람이 되어버렸다는 느낌이 들게 했다. 짜증이 밀려와 싫은 티를 참는 게 힘들었으며, 답답해 짜증이 나는 내가 싫고 슬펐다. 그 친구를 이해심 있게 기다려주는 사장님과 간호사 동생을 보며 더욱 나는 내가 나를 힘들게 하던 그런 사람이 되어버렸다는 것에 괴로웠다.

동시에 나도 모르게 답답한 것을 티내지 않는 것에 실패했을 때는 혹시나 그 친구가 상처받았을까봐 죄책감에 시달렸다. 너무 바쁜 중에는 그 친구에게 물어본다는 게 마음이 급해 언성이 높아지기도 했다. 작고 마르며 목소리도 작고 내성적인 그 친구가 내 급한 물음이나 자기 자신의 실수에 놀라 보일 때마다 내심 나도 상처를 받았다.

한번은 그 친구가 점심시간이 끝나고 나서, 긴장이 풀리지 않았는지 혼자서 물건을 마구 떨어뜨리거나 음료를 쏟은 적이 있었다. 나는 나도 모르게 짜증이 났는데, 간호사 동생은 달려가 그 친구에게 '괜찮아요?'라고 물어봤다. 아, 정말이지 자괴감이 들었다. 나는 내가 좋고, 되고 싶은 그런 사람이 되지 못했구나. 나는 왜 그렇게 성격이 급하고 이해심이 부족할까. 내가 되고 싶은 사람이 나는 아니구나. 슬펐다. 그래도 그 친구가 상처를 받을까봐 내가 화난 것이 아니라고, 성격이 급해서 그런 것이라고 거듭 설명하였다.

그러던 중, 그 친구가 출근할 시간이 되었는데 출근을 하지 않았다. 그 날따라 말이 더 없던 사장님에게 왜 오지 않냐고 물어보았다. 그랬더니 그만두었다는 답이 돌아왔는데, 왜 그만뒀냐고 하자 힘들어서 그만뒀다고, 점심에 한국말이 너무 많이 들리고 정신없어서 그만두었다고 들었다. 혹시나 싶어 한번 더 물어보니 사장님은, 앞의 이유와 더불어 나 때문에 그만둔다고 했다고 했다. 그 순간 나는 너무 충격을 받았다.

누가 나 때문에 그만두다니, 이루 말 할 수 없는 충격이었다. 오전 출근 전 손님들이 계속 밀려들었다. 더 이상은 이야기를 할 수 없는 상황이었는데, 나는 너무 눈물이 났다. 코로나로 마스크를 쓰고 있을 수 있어 나는 마스크 속에서 계속 울었다. 눈물을 참을 수가 없었다.

 그 날은 무슨 날이었는지, 오전 때 점심때만큼 매출이 나왔다고 했다. 근데 나는 한 시간을 눈물을 그치지 못한 채로 일을 했다. 화장실에 갈 틈도 없어서 눈물을 닦을 수도 없었고, 마스크 속에서는 눈물과 콧물이 계속 쏟아졌다. 콧물은 어떻게 숨긴다 해도, 눈물은 못 숨겨서 손님을 거의 보지도 못하고 일했는데, 손님들은 얼른 음료를 주고 가는 내가 울고 있는 걸 보고 쳐다 보기도 했다.

 누가 나 때문에 그만두다니. 내가 나를 그만두게 했던 그런 사람이 되고 말았구나. 눈물을 그치지 못하는 나를 보고 사장님은 그만 울라고, 괜찮다고 해주었다. 근데, 내가 안 괜찮았다.

: 언니는 좋은 사람이지

그 일 이후로 카페에 가는 게 가시방석 같았다. 사람이 급한데, 안구해지는 것 같아 사장님에게도 미안했으며, 피로가 너무 누적됐는지 너무 피곤하고 몸이 아팠다. 그 아프고 피곤한 중에 글쓰기 수업을 들으러 다니고 숙제로 받은 글쓰기를 하는 것은 너무 괴로웠다. 쉬고 싶었다. 사람이 어찌나 중간이 없는지, 몇 개월을 내적인 발견을 했을지언정 신체적으로는 나무늘보처럼 지내다가 고되게 몸을 쓰려니 죽을 지경이었다.

온 몸이 골병드는 것 같았고, 중점적으로 쓰는 손은 핸드폰을 만지기도 싫을 정도로 아팠다. 이 때 실제로 스크린 타임이 눈에 띄게 줄어들었다. 그리고 뚜껑을 돌리는 게 너무 힘들어서 집에 오면 물을 마시고 뚜껑을 꼭 닫지 않은 채로 냉장고에 넣어두었다. 그러다 쏟은 날이 있었는데, 그 날은 쏟은 걸 닦지 못해 그냥 못 본 척 한 날도 있었다. 그 다음날에 꾸역꾸역 억지로 닦았다.

그 와중에 왜인지 계속 사장님 눈치가 보였다. 피곤해서인지, 내가 불편해서인지 그맘쯤에 말 수가 더 없어졌었는데 그 침묵 속에서 나는 내가 저지른 게 있어서 미친듯이 마음이 불편했다.

그러다 보니 내가 지금 뭐 하는가, 하는 생각이 더욱 들었다. 알바생이 되고 싶었던 건 아닌데, 알바를 제일 집중해서 하고 있으며, 그 알바도 똑바로 못하는 것 같았다. 그렇다고 글이 잘 써지는 것도 아니었다. 기다려서 입사한 니트 컴퍼니도 여러 가지 동아리 활동이 있었는데 피곤해 거의 참여하지도 못했다. 내가 정한 내 업무도 간신히 인증하고 있었다. 그렇다고 글을 집중해서 쓰고 있는 것도 아니었다.

솔직히 난 그렇게 눈치가 좋은 편은 아닌데, 눈치가 없는데 하루종일 일하며 남 눈치를 보려니 더더욱 죽을 지경이었다. 나는 같이 있는 사람들과 잘 지내고 싶고, 좋은 사람이고 싶었다. 근데 내가 그러지 못 한다는 게 괴로웠다. 내가 왜 좋은 사람이어야 할까? 라는 근본적인 질문도 스스로에게 던지며 꼭 그러지 않아도 된다,는 위로의 일기를 적을 때도 있었지만 우선 아직 나는 남을 신경쓰는 사람이었다. 그리고 누군가가 나 때문에 그만뒀다는 것은 나를 계속해서 괴롭혔다.

고민하다 견딜 수 없어졌을 쯤 같이 일하는 간호사 동생에게 이 이야기를 했다. 내가 계속해서 직업인으로 살며 어땠는지, 그리고 이 일에 괴로운 심정을 털어놓았다. 이 동생도 직업인으로서, 그리고 자기 자신으로서 삶을 헤매는 이야기를 서로 나누었다.

 나 때문에 그만두었다는 그 소식을 들었던 날 화장실 갈 틈도 없어 마스크 쓰고 일하며 울다가 급기야 나중에는 콧물에 마스크가 젖었다고 하자, 간호사 친구가 신나게 웃어주었다. 그리고 자기도 그게 뭔지 안다고 했다. 그러면서 서로 웃기도 하고 심정에 공감해주기도 했다. 그리고 내가 결국은 내가 되기 싫은 나쁜 사람, 나쁜 직업인이 되어버린 것 같다고 하자 그 동생은 나에게 이렇게 말해주었다.

"언니는 좋은 사람이지. 그거는 다 알지."

 너무나 감동이었다. 그리고 그 동생은 나에게 지난 일은 흘려보내고, 남은 것은 우리 셋이서 일을 하는 것에 집중하자고 해 주었다. 나는 그 날 그 동생에게 너무 깊은 고마움을 느꼈다. 나는 이 동생과 같이 일하는 게 더 좋아졌다.

:나는 무엇이 될까

글쓰기 수업이 끝나고, 다시 나는 고민이 들었다. 알바만 하는 것은 나를 찾는 길이 아니었다. 내가 되고 싶은 것도 아니었고. 그러다 청년 단체에서 진행하는 '클래스 기획 강의'를 신청하게 되었다. 사연을 적어 보냈는데, 선발이 되었다.

이 때도 몸이 피곤해 꾸역꾸역 강의에 갔다. 몇 달에 걸쳐서 클래스 기획 수업을 진행하고, 결국에는 내 클래스를 진행하고 지자체에서 수업을 진행해보는 커리큘럼이었다. 막연하게 취미 클래스를 진행 해 보았지만, 그건 내가 원하는 주제는 아니었다. 그렇지만 클래스를 해보고 싶었다.

그래서 간 클래스의 강사 선생님은 정말 대단했다. 주부였고, 아이가 셋이였으며, 자기 컨텐츠를 만들다, 대학원을 다니며 사업까지 시작한 분이었다. 그 분의 수업은 영감 그 자체였다. 내가 혼자 고민하다가 벽에 막힌 부분들에 대해서 다시 생각해 볼 수 있게 도와주셨다. 그리고 온 사람들에게 발표를 시켜 각자의 이야기를 할 시간을 주셨었는데, 남의 이야기를 들어보는 그것조차 큰 도움이 되었다.

 나만 하는 고민이 아니었구나, 싶기도 했고 남들은 특별한데 내가 특별하지 않은 것 같아 작아지기도 했다. 그렇지만 나는 이곳에서도 나를 백수라고, 길을 찾는 사람이라고 소개했다.

 이 수업을 들으며 나는 나 자신에 대해 다시 한번 생각해보게 되었다. 돈돈 하며 살았는데, 요즘에는 돈도 안 되는 알바를 죽도록 열심히 하고 있었다. 시급을 받으면서, 시간이 지나도 일을 하고, 해달라고 하지 않은 일도 굳이 하고 있었다. 그리고 성취나 인정 같은 것을 중시하며 살았는데, 보잘 것 없는 지금이 더 재미나고 행복했다.

 나는 자유가 중요하고 내 멋대로 하는 게 좋다면서 사람들과의 관계에 지나치게 신경 써 엄청나게 눈치를 보느라 고통스러웠다. 누군가와 잘 지내면 행복하고 고된 일도 재미있는데, 잘 못 지내면 만사가 울적하고 아무것도 하기가 싫어졌다. 나는 뭐 하는 사람일까.

 자율성이 중요한 사람인가, 소속과 연대가 중요한 사람인가? 성취가 중요한 사람일까, 재미가 중요한 사람일까?

나는 나 스스로를 모르겠다고 느꼈다.

그러다 옆 자리에 앉은 사람과 이야기를 나누게 되었다. 그녀는 음악을 전공하고, 악기 수업을 하는 사람이었다. 그리고 그녀는 그녀의 헤매임과 멈춰섬을 이야기 해주었다. 나의 현재는 그녀의 과거였다. 그녀도 아직 자기 길을 찾는 중이었지만, 지금 아주 열심히 하고 있다고 하였다. 과거에 번아웃으로 멈춰섰음으로. 우리는 서로 공감하며 서로를 이해하고 독려해주었다.

그녀는 자신의 외향으로는 표현하지 않았는데, 대화를 나누어 보니 예술인다운 감수성과 창조성을 내면 깊이 숨겨둔 사람이었다. 그녀는 나와 이야기를 하다가 나에게도 그런 면이 느껴진다고 말해 주었다.

정말 내게도 그런 것이 있을까? 싶으면서도, 기쁜 밤이었다.

: 가슴 깊이 숨겨둔 꿈

인스타를 보다가 한국외대에서 하는 독립출판 공모전을 보았다. 내가 하기에 너무 큰 공모전 같아서 그냥 지나쳤다. 그런데 니트컴퍼니에서 다시 한번 그 공모전을 알려주었다. 글이라고는 그냥 나 혼자 쓰는 글밖에 없었다. 몇 년 전에 브런치에 작가 도전을 했다가 떨어졌었다.

사실 나는 중학생 때, 웹소설을 썼었다. 그 글로 모 포털에서 하는 공모전에 응시 했다가, 연재 작가가 됐었다. 주간 1위를 하기도 했었다. 한국 애니메이션 고등학교에 시나리오를 쓰는 과가 있었다. 그 과에 가고 싶었다. 해당 학교 주최 경진대회에 나갔었는데, 수상권 안에 들어서 시상식에 참여했던 적도 있었다. 그리고 나는 그 학교 입학시험에서 떨어졌다.

박경리 작가의 '토지'나 조정래 작가의 '태백산맥'같은 책을 좋아하는 엄마는 글을 아무나 쓰는 게 아니라고 했다. 엄마가 보기에 엄마 딸은 지극히 평범하다고 했다. 입학시험에 떨어져 잔뜩 기가 죽었던 나는 웹소설 연재도 집어치우고 인문계 고등학교에 진학해 밤 10시까지 야자

(야간자율학습)을 하며 글 같은 건 잊어버렸다. 얼마가 지나 메일함을 열어보니 출판하자고 하려고 했는데 왜 연중을 하느냐는 메일이 와있었다.

이 일은 가끔가다 남들에게 '왕년에 내가,'하는 식으로 하는 이야기였다. 근데 그것은 지나간 버스처럼 현재의 나와는 아무 관련 없는 이야기 같았다.

근데 외대 주최 공모전이 자꾸 내 눈앞에 아른 거렸다. 써놓은 원고는 없는데, 기획서를 마감날 써서 냈다. 그리고 발표 날이 되었는데 아무런 연락이 없었다. 아, 안됐구나. 그리고 잊어버렸다. 그런데 얼마나 지났을까? 알바를 하고 있는데 모르는 번호로 전화가 왔다.

내가 추가 합격이 됐다는 이야기였다. 나는 몹시 당황했다. 안 된 줄 알았는데. 합격 소식을 듣고 날아갈 듯이 기쁘고 신났다. 그런데 나는 이 공모전 조건을 좀 잊어버리고 있었다.

대충 한 두 달 쯤 후에 책을 내야하고, 사업자 등록도 내야하고, 한 달 간은 매주 수요일 외대에 수업을 들으러 가야 한다는 것이었다. 내가 사는 곳은 판교고, 외대는 겁나 멀었다. 알바가 2시에 끝나는데, 수업이 3시까지 가야했다. 가는데 낮에는 1시간 반은 걸렸다.

갑자기 나는 부담스러워졌다. 기획서 말고는 원고가 하나도 없었다. 갑자기 내 이야기를 종이책으로 낼 정도인가 싶었고, 알바는 어떻게 한단 말인가? 게다가 나가야 하는 시간이 피크 시간이었다. 고된 알바하며, 수업을 들으러 외대를 왕복 3시간 넘게 왔다 갔다 하고, 원고를 써야 한다고? 게다가 시간이 촉박해 당장 그 주에 외대에 공유 오피스 계약하러 가고, 동대문 구청에 출판사 신고를 하러 가야했다. 그 신고증이 나오면 그걸 들고 그 다음 주까지는 동대문 세무서에 가야했다. 대충 편도로 다 두 시간, 그 이상 걸리는 무엇이었다.

갑자기 모든 게 덜컥 겁이 났다. 이 쯤 난 다시한번 용기 없는 나를 느꼈다. 항상 무언가가 되기를 바랐으면서, 원래 해봤던 것을 떠나 새로운 것을 하는 것을 겁내는 나 자신을. 내 당선 소식을 들은 사장님은 내 사정을 듣더니 대뜸 1시 반 에 내보내 주겠다고 했다.

갑자기 할 수 있는 판이 깔렸다. 그러자 당황스러워졌다. 알바 때문에 못한다는 핑계를 대기가 글러진 것이다. 그 날 독서 모임이 있는 날이었다.

그맘 쯤에 독서 모임에서 사서이자, 그림 작가이며 글도 쓰는 분께서 전시를 하셨었다. 그 전에 그분이 매월 내는 발간지를 본 적이 있었는데, 그림은 물론이거니와 글이 정말 너무 좋았었다. 그분의 글은 읽는 나로 하여금 피로와 게으름을 이기고 글을 쓰고 싶은 마음이 들게 하는, 그런 글이었다. 그분의 그림 전시를 나는 그 고통스러운 피로 중에 두 번이나 다녀왔었다. 그 작가님의 전시는 영감 그 자체였다.

본업을 하시며, 꾸준히 작업물을 만들어 내고, 결국 그것을 남들에게 보여줄 만큼 만들어 냈다는 게 너무 멋있었다. 일을 하며, 다른 무언가를 한다는 것은 그것에 대한 뜨거운 열정과 사랑이 없으면 불가능 하다는 것을 누구보다 내가 잘 알고 있었다.

나는 늘 육체 피로에 졌으며 내 자신에게 솔직하지 못한 죄로 무언가를 만들어내지 못한 괴로움을 지불하고 있었다.

공모전에 됐는데, 할까 말까를 고민한다는 내 말에 그 작가님은 나에게 꼭 하라, 고 말씀하셨다. 그러면서 건네주신 말은, 안 되는 것이 기본인데 무언가가 된 다는 것은 엄청 의미가 있는 일이라는 것이었다. 그리고 모임 사람들은 해보라는 응원을 해주었다. 가슴이 뛰었다.

그 날 밤 집에 와서 나 홀로 쓴 글을 열어보았다. 20대에 글을 쓴 적이 없었다. 'ㅋㅋㅋ 밥먹었냐?' 같은 카톡만 했다. 브런치 작가에도 떨어졌다. 그래서 나는 내가 글을 못 쓰고, 내 글이 남 보여주기에 부끄럽다고 생각했다. 그런데, 생각보다 내 글이 좋았다. 남이 어떨지 몰라도, 나는 내 글이 좋았다. 하기로 결심했다.

그 날 밤은 머리도 못 감고 잤다. 새벽 6시에 일어나 카페에 가 알바를 하고, 옷에 커피와 휘핑이 튄 채로 외대에 향했다. 몇 번을 갈아타고 가야했다. 어플이 이상하게 알려줘서 이태원지하상가에서 시청역까지 걸어갔다. 고되게 일하고 한 끼도 못 먹어 굶주리고, 잠을 몇 시간 못자 눈이 튀어나올 것 같이 아팠다.

외대에 가서 공유 오피스 계약을 하고 돌아오는 길이 끔찍하게 피곤했다. 러시아워에 걸쳐 대중교통 상태가 장난 아니었다. 그런데 그 길에서 나는 내 꿈이 원래 작가였다는 것이 생각났다. 안 입는 옷이지만, 어쩐지 아껴서 옷장 속 깊숙이 숨겨둔 것 같은 그런 꿈 말이다.

：백수가 과로사 한다더니

새벽 6시에 일어나, 카페 알바를 하고, 수요일마다 외대에 수업을 들으러 다녔다. 외대는 막상 다녀보니 올 때는 러시아워에 걸려 왕복 4시간이 걸린다고 해도 부족함이 없었다. 거기에 틈나는 대로 원고를 써야 함에 쫓겼다. 그중에 클래스 수업에 갔다 오고, 강의 기획을 해야 했다. 니트 컴퍼니도 끝나가고 있었다. 니트 컴퍼니 전시에도 참여하기로 했다. 죽을 것 같았다.

너무 피곤해 아침에 일어나면 자꾸 구역질이 났다. 30도에 육박하는 날씨였는데, 자꾸만 몸이 추웠다. 커피 샷을 내릴 때 김이 많이 나고 몸을 바쁘게 쓰니 같이 카페에 일하는 사람들 모두가 덥다고 했는데, 나는 견딜 수 없이 추워서 벌벌 떨었다. 그리고 자꾸만 체했다. 퇴사하면 체하는 걸 졸업할 거라고 생각했는데, 아니었다.

그 와중에 카페는 점점 더 장사가 잘됐다. 사실 사장님은 정말 성실하고 고되게 일하는 사람이라 잘됐으면 하는 마음이었는데, 내가 죽을 지경이었다. 그렇다고 손님이 없길 바라는 건 아니었는데, 어쨌거나 죽을 지경이었다.

외대 수업에 가서 인디자인을 배웠다. 나는 인디자인 이라는 게 뭔지 처음 들었다. 글을 쓰는 것도 보통일은 아니었지만, 책을 독립출판으로 모든 것을 만든다는 게 보통이 아니었다. 더구나 이 프로젝트는 ISBN도 발급 받아야 했다.

눈이 팽팽 도는 일상이었다. 전시가 목전이었는데, 전시 리플렛과 명함을 직접 만들어 보았다. 나는 ERP나 써봤지, 그런 건 정말 처음 해봤다. 남들은 뚝딱뚝딱 잘도 하는데 나는 모든게 오래 걸리고 오류 투성이었다.

결국 전시도 미완인 채로 하기로 정했다. 그래도 니트컴퍼니니까 그런 나를 용인해 주었다. 닛컴 글쓰기 모임원들도 모두 나를 응원해 주었다. 하다보니까 완벽하지 않은 모습을 보여주기 부끄러워 아무것도 못하던 나는 어디가고 대놓고 미완이라도 하기로 해버리는 내가 있었다.

너무 바쁜데다가 작업 하나 하나가 다 처음해보는 거라 너무 오래 걸렸다. 그런데 웃기게도 항상 마감이 닥치면 초인적인 힘이 나 거의 밤을 새며 했다. 가끔 밤에 너무 졸리면, 견딜 수 없어서 자고 새벽 5시에 일어나서 작업을 했다. 그리고 카페에 가면 간 지 5분만에 집에 가고 싶었다. 판교 직장인들이 얼마나 부지런한지, 6시 58분부터 갓 출근해 아직 앞치마도 못 입었는데 잠긴 출입문을 들썩거리는 손님이 있었다. 어디 도망 갈 수도 없었다.

그리고 그 달에 서류 할 것들이 있고 해서 정말 너무 너무 바빴다. 결국 전시물을 택배로 받을 만큼 일정을 못 맞춰서 전시 전날 충무로에 가서 인쇄물을 찾았다. 인쇄소에 작업물을 보냈을 때, 사이즈가 잘못돼서 인쇄소 아저씨가 다섯 번을 전화했었다. 걱정했는데 생각보다 작업물이 잘 나왔다고 생각했다. (전문가가 보기엔 다르겠지만)

특히 내 명함은 인쇄소에서도 파일 검토를 잘못해서 글씨가 잘릴 것 같다고, 수정하면 몇일 더 걸린다고 해 그냥 잘린채로 달라고 했었다. 인쇄소 아저씨가 최대한 옆으로 빼보겠다고 하시더니, 정말 글씨를 안 잘리고 주셨다. 니트 컴퍼니에 작업물을 들고 가 이 이야기를 말하니 다들 꺄르르 웃었다.

그렇게 나는 과로사 할 것 같은 나날을 지나고 있었다. 그렇지만 이상할 정도로 재밌고 신나며 기뻤다.

:나는 사회 문제가 되고 있는 청년인가요?

내 현실적인 모습은 회사 적응에 실패해서 백수 생활을 하다가, 알바를 하는 청년이다. 얼마 전 뉴스에서 청년 실업률, 혹은 청년 취업 포기률이 사상 최대라며 청년들이 알바만 하거나, 혹은 알바조차 안하려고 한다며 이것은 사회 문제라는 내용이었다.

그 외에는 요즘 MZ들이 쉽게 퇴사하고 이직하며 회사 분위기를 흐린다는 뉴스들도 있었다. 나는 그 뉴스들을 보며 나도 그런 사람이며 사회 문제인가? 라는 생각이 들었다.

누군가에게 나는 문제일 지도 모른다. 그렇지만 나는 이 과정들을 지나며 많은 사람들이 사실 그렇게 골칫덩이라서 사회 문제를 일으키고 있는 게 아니라는 생각이 들었다.

진짜 자기가 무엇이 되고 싶은지 보다는 남이 말하는 대로 살아야 하는 사회 분위기, 혹은 꿈이라고 말했다가는 비웃음을 당할까봐 두려워해야 하는 것들. 그리고 시대적인 불황과 실업.

높은 교육열 속에 정해진 교육들을 받고 자라, 어렵게 들어가 본 회사의 분위기들. 나는 바늘 떨어지는 소리가 들릴 것 같은 회사에서도 일해보고 에어팟을 꽂고 일해도 광인 소리 듣지 않는 자유로운 분위기의 회사에서도 일해 보았지만 어쨌거나 숨이 막히고 답답한 무언가들이 항상 있었다. 그것은 퇴사율만 보아도 비단 나만 느끼는 것은 아닐 것 같다.

나는 카페에서 일하면서 오는 손님들의 대화를 종종 듣는다. 손님들은 유명 IT 기업에 다니는 사람들이 많다. 그 손님들이 하는 대화는 불편한 동료와 일하는 괴로움, 상사 욕, 불합리한 것들에 대한 이야기 일 때가 많다. 때로는 서로 친밀한 것 같지만 숨 막히는 기싸움을 하는 것을 볼 때도 있다.

한번은 너무 친한 것처럼 웃고 대화하며 들어온 손님이, 키오스크 주문 중에 무언가를 실수했는지 그 직전까지 웃고 떠들던 사이에 '어머, 나 가르치려고 하는 거야?'라는 말을 한 것도 들은 적이 있다.

일한지 한 달도 되지 않았을 때 카페에서 면담하며 우는 사람들도 보았다. 때로는 새로 입사한 사람에 대한 평가를 하는 것도 보았다. 억지로 들으려고 하지않아도, 들릴 때가 있는 무엇인데 그럴때면 다시 회사에 가기 두려운 마음들이 샘솟았다.

그 과정에서 느낀 것은 나는 일이 아니라 사람이 괴로웠다는 것을 알았다. 많은 사람들이 그렇다지만, 그렇다고 내가 나약한 것일까. 예전에는 나만 어리석으며 나약한 사회 부적응자라고 생각했는데 니트 컴퍼니를 통해 나와 같은 사람들이 많다는 것을 느꼈다.

그리고 또한, 나는 그냥 백수가 아니라 (곧) 작가이며, 강사가 될 수도 있는 사람이란 것도 알게 되었다. 혹은 여기에 적은 것이 아닌 다른 무언가가 될 수도 있겠다. 나는 밤을 건너고 있는데, 이 밤이 생각보다 밝고 재밌고 즐겁다.

예전에 회사원일때 나는 자주 내가 너무나 초라해서 없어질 것 같은 심정에 시달리곤 했었다. 그런데 요즘은 회사 명함도 없고, 직업 없이 알바하는 삼십대 백수인데 내가 그렇게 초라하지 않다.

그리고 이전 어떤 때보다 내가 명료하게 느껴진다. 나는 문제가 많아 주머니 속에 송곳처럼 튀어나오는 사람이라고 생각했는데, 내 뾰족함으로 이렇게 글을 쓸 수 있었다. 때로는 내가 너무 감정 조절도 못하고 이성적이지 못한 들짐승 같이 느껴졌는데, 나는 초원을 누비는 그들의 자유로운 영혼을 가진 사람일 지도 모른다는 생각도 든다.

나는 너무 부모님을 실망시키기 싫었고, 남들이 말하는 정해진 대로 살지 않아 손가락질을 받을까 두려웠으며, 규칙을 잘 지키는 성격이라 나를 찾아내는데 좀 오래 걸렸을 뿐이다. 최근에 자기 자신을 사랑해 어떤 것들을 해주고 살았느냐는 질문을 받았다. 순간적으로 생각이 안 났다. 맛있는 거 먹고, 사고 싶은 거 산 거? 말고는 생각이 안 났다.

그러자 그럼 현재는 어떠냐고 물어봐 주었다. 그 순간 나는 깨달았다. 지난 시간 나는 회사생활이 힘들어 그만두고 싶을때마다 나 자신에게 닥쳐, 라고 말했다. 그리고 나는 지금 내가 나에게 성인이 되어 처음으로 '하고 싶은 일'을 시켜주고 있다는 것을 깨달았다.

그것은 제법 두려웠지만, 내가 나 자신을 위해 낸 용기라는 것도 깨달았다. 앞으로도 용기를 더 내고 싶다.

나는 사회 문제가 되는 청년이 아니고, 나를 찾고 있는 사람이다. 그리고 이런 사람이 아주 많다는 것을 이제는 안다. 나를, 그리고 그들을 응원한다.

백수, 헤맴의 기쁨과 슬픔
© 해밤, 2023

지은이 ｜ 해밤 @haebam_
펴낸이 ｜ 해밤
발행처 ｜ 해밤 출판사
이메일 ｜ jess778@naver.com

ISBN ｜ 979-11-983611-0-3(13810)